Arena-Taschenbuch
Band 50450

Ebenfalls von der Autorin im Arena Verlag erschienen:
Mein Pickel und ich
Mein Knutschfleck und ich
Die Jungs und ich
Das Model und ich
Die Schule und ich
Die Liebe und ich
Meine Clique und ich
Mein Schutzengel und ich
AllerBesteFreundinnenZeiten und ich
Mein Leben und ich
Meine Ökokrise und ich
Miss Christmas und ich

Sinas Liebeslexikon

Alicia. Unverhofft nervt oft
Alicia. Wer zuerst küsst, küsst am besten
Alicia. Liebe gut, alles gut

Felis Überlebenstipps. Zettelkram und Kopfsalat. Neue Schule, neues Glück
Felis Überlebenstipps. Zettelkram und Kopfsalat. Freundschaftskribbeln im Bauch

Beste Freundinnen gegen den Rest der Welt (Geschichten-Sammelband zusammen mit Margot Berger, Stefanie Dörr und Alice Pantermüller)

Ilona Einwohlt,
geboren 1968, hat sich mit ihren Mädchenratgebern längst einen Namen gemacht – nicht zuletzt deshalb, weil sie mit ihrem locker-einfühlsamen Ton über Themen schreibt, die Mädchen wirklich interessieren. Die Autorin lebt mit ihrer Familie in der Nähe von Darmstadt. Mehr über die Autorin unter www.ilonaeinwohlt.de

Die Welt und ich

ILONA EINWOHLT

Arena

FÜR DIE WELTENTDECKER M. UND J.

1. Auflage als Arena-Taschenbuch 2016
© 2012 Arena Verlag GmbH, Würzburg
Alle Rechte vorbehalten
Innengestaltung und -illustration: designhoelle
Einbandgestaltung: knaus. büro für konzeptionelle
und visuelle identitäten, Würzburg
Einbandillustration: Constanze Guhr
Umschlagtypografie: KCS GmbH · Verlagsservice & Medienproduktion,
Stelle/Hamburg
Gesamtherstellung: Westermann Druck Zwickau GmbH
ISSN 0518-4002
ISBN 978-3-401-50450-6

www.arena-verlag.de
Folge uns!
www.twitter.com/arenaverlag
www.facebook.com/arenaverlagfans

Inhalt

**Erstes Kapitel,
in dem Sina über andere Kulturen nachdenkt** — 6
Ein fremder Gast ist (k)eine Last — 6
Meine Sprache, meine Welt — 25
Andere Länder, andere Schulsysteme — 41

**Zweites Kapitel,
in dem Sina vom Reisefieber gepackt ist** — 51
Austauschrausch — 51
Sicher ist sicher — 64
3 - 2 - 1 … der Countdown läuft — 78

**Drittes Kapitel,
in dem Sina Freiheit spürt** — 97
Buenos días! — 97
Herz verloren — 116
Fiesta de la luna — 133

**Viertes Kapitel,
in dem Sina Zukunftspläne schmiedet** — 149
Solche Sehnsucht — 149
Abi, und dann? — 162
Up and away — 173

ERSTES KAPITEL,
IN DEM SINA ÜBER ANDERE KULTUREN
NACHDENKT

Ein fremder Gast ist (k)eine Last

Ich liege in meinem Bett und kann nicht schlafen. Im Zimmer ist es heiß, drückend und stickig, aber ich darf das Fenster nicht auf Kipp stellen. Denn neben mir auf dem Sofa schnorchelt tief und fest meine im höchsten Grade zugempfindliche Austauschschülerin Laurence; gerade eben hat sie sogar im Schlaf einen Grunznieser losgelassen. Ich kann nicht behaupten, dass ich sie mag, denn seit sie vor zwei Tagen hier in Deutschland aus dem Bus gestiegen ist, macht sie mir das Leben schwer. Schuld an der ganzen Schüleraustauschmisere sind meine Eltern, genauer gesagt, meine Mutter, die meinte, es sei doch eine gute Idee und pas de problème, ein fremdes Mädchen für ein paar Tage im eigenen Reihenhaus zu beherbergen. Dass ihr ach so toll dekoriertes Haus leider kein Gästezimmer hat und diese Laurence deshalb mit mir ein Zimmer teilen muss, hat sie dabei leider vergessen … Frau Müller-Rochefoucauld, unsere Französischlehrerin und Großorganisatorin des alljährlichen deutsch-französischen Schüleraustauschs, hatte in allerletzter Sekunde dringend einen Platz gesucht. Denn Laurence´ eigentliche Austauschpartnerin, unsere gut entwickelte und beliebte Melanie, musste urplötzlich absagen, weil sie kurzfristig einen Nachrückplatz für ihre Diätkur in der Schweiz erhalten hat. Jetzt soll ausgerechnet ich, Sina Rosenmüller mit den großen Füßen und dem Null-Talent für die französische Sprache, einem total schüchternen, superspießigen und langweiligen Franzosenmädchen Deutschland und die Deutschen näherbringen!

==Und wie soll das bitte gehen? Wo ich kaum Französisch spreche und nicht mal weiß, was typisch deutsch ist?!==

Wer jetzt denkt: Was ist denn diese Sina für eine Krätze, die ätzt ja nur rum, dem kann ich sagen: Normalerweise bin ich ÜBERHAUPT nicht so. Ich bin offen und tolerant, habe Spaß am Leben und fast immer gute Laune. Ich knüpfe schnell neue Kontakte, halte Omis die Tür auf, räume freiwillig die Spülmaschine aus und helfe kleinen Jungs beim Bäcker, die Brötchentüte samt Wechselgeld in die Tasche zu friemeln. Ich engagiere mich als Klassensprecherin, bin Lerncoach für Fünftklässler und Streitschlichterin. Aber diese Laurence schafft es leider, mir dermaßen auf die Nerven zu gehen, dass ich völlig neue, zugegebenermaßen unausstehliche Seiten an mir entdecke. Da muss ich jetzt noch ein paar Tage durch – und mit mir alle meine Freunde und Freundinnen.

Mein Freund Yannis dagegen hat es richtig gut getroffen. Sein Austauschschüler Clement ist ein prima Kerl, erzählt von dem Leben in Frankreich und versucht, Deutsch zu sprechen, so gut er es eben kann. Und wenn nicht, verständigt er sich mit Händen und Füßen. Außerdem probiert er ausnahmslos alles, was Stefanie, Yannis' Mutter, auf den Tisch stellt – was man von meiner Laurence nicht behaupten kann. Mama ist auch schon ganz frustriert deswegen, dabei hatte sie sich solche Mühe ge-

Um es vorwegzunehmen: Genauso wenig, wie sich über DIE Franzosen Pauschalaussagen treffen lassen, genauso wenig gibt es DAS deutsche Essen. Eher ist es so, dass in Deutschland von Region zu Region unterschiedliche Speisen bevorzugt werden, die Grenzen sind fließend und die Geschmäcker auch: Im Schwäbischen mag man Maultaschen und Kässpätzle, in Bayern lieber Weißwürste, Leberkäse und Brezn (also Brezeln), in Franken werden Nürnberger (Bratwürste) oder Lebkuchen gegessen, in Hessen Grüne Soße, Handkäse oder Rippchen mit Sauerkraut. Im Rheinland isst man gerne Sauerbraten (aus Pferdefleisch) oder Himmel und Äd (Kartoffelbrei mit Apfelmus und Blutwurst), in Nordwestdeutschland dagegen Eintöpfe, Bohnen mit Speck, Grünkohl oder Rote Grütze, in Nordostdeutschland mag man Eisbein, Buletten (Frikadellen) und Currywurst, in Mitteldeutschland wiederum Thüringer Würstchen, Eisbein, Dresdner Stollen und Mutzbraten (gegrillte Schweineschulter).

geben, typisch deutsche Gerichte zu kochen: rheinischen Sauerbraten, Sauerkraut mit Kassler, Kartoffelsalat mit Würstchen ... Und Papa hatte sogar in seinem besten Wörterbuchfranzösisch bei Laurence nachgefragt, ob sie Lust hat, echte Frankfurter Grüne Soße zu probieren, das sei Goethes Leibspeise gewesen, und man höre und staune – sie hatte zugestimmt.

Ich bin mir nicht sicher, ob Laurence weiß, wer überhaupt Johann Wolfgang von Goethe war, geschweige denn, was eine Leibspeise ist. So sauertöpfisch, wie sie aussieht, hat sie weder Lust am Essen noch am Trinken noch an sonst irgendetwas. Wenn sie nicht gerade livehaftig hier neben mir liegen und mir noch drei weitere Tage die Laune verderben würde, könnte mir das ja auch vollkommen egal sein. Aber so muss ich aushalten, dass sie morgens gleich nach dem Aufstehen anfängt zu heulen und zum Gesichtwaschen und Zähneputzen gerade mal fünf Minuten im Badezimmer verschwindet – die Haare hängen ihr mittlerweile strähnig ins Gesicht. Ich habe ihr natürlich ausführlich gezeigt, wie unsere Dusche funktioniert, ihr mein Lieblingsduschgel von Lush hingestellt, ein sauberes, kuscheliges Handtuch herausgesucht, den Föhn und alles, was man als normales vierzehnjähriges Mädchen halt noch so braucht, aber seit ihrer Ankunft hat Madame nicht einen Wasserhahn zu oft aufgedreht. Beim Frühstück löffelt sie mit Leidensmiene Mamas frisch geschrotetes Müsli; ihr Pausenbrot und den Bio-Apfel rührt sie später kaum an. Mein jüngerer Bruder Leon hat ihr deswegen gestern früh extra Croissants vom Bäcker geholt und Papa hat ihr dazu einen Milchkaffee in seiner großen Lieblingstasse mit dem Hahn drauf zubereitet, aber Laurence hat nicht einen Bissen angerührt, nur geheult, geschnieft – und geschwiegen. Kein Merci, kein Non, rien de rien.

Rien ne va plus!!!

Jetzt wälze ich mich also unruhig hin und her und frage mich, wie ich die nächsten Tage mit diesem Trauerkloß durchstehen soll. Ich habe nicht eine freie, fröhliche Minute für mich! Was hat sich meine Mutter nur dabei gedacht? So nötig habe ich es nun auch wieder nicht, mich bei Frau Müller-Rochefoucauld einzuschleimen, miese Note hin oder her. Das hätten wir uns echt sparen können, zumal außer Kleo niemand von meinen Freundinnen an diesem Schüleraustausch teilnimmt. Kleo war mal meine allerallerbeste Freundin, doch in den letzten Jahren haben wir uns ziemlich auseinandergelebt und sind nicht mehr ganz so dicke. Trotzdem verbringen wir viel gemeinsame Zeit in der Schule, beim Basketball oder nachmittags im Eiscafé Antonio, wenn es die Hausaufgaben und Ambra, Kleos Hovawart-Hündin, erlauben. Kleo hat wie Yannis Glück: Ihre Camille ist hundeverrückt wie sie, beide spazieren stundenlang über die Felder oder tauschen sich über ihre Lieblinge aus, Camille hat eine ganze Fotogalerie von ihrem Mischlingsrüden Tintin auf ihrem iPod.

Meine ABF Milli dagegen langweilt sich derzeit zu Tode und macht mir Stress, weil ich keine Zeit mehr für sie habe, seit ich Laurence babysitten muss. Milli hat zwar international erfolgreiche Manager-Eltern und entsprechend viel Platz für Gäste in ihrer Villa, aber beim Thema Schüleraustausch hat Frau Kaiser nur pikiert die Nase gerümpft und Milli in den Ferien ein qualifiziertes Französisch-Camp mit Gütesiegel in Aussicht gestellt.

> Die meisten Gymnasien haben ein oder mehrere Austauschprogramme mit befreundeten Schulen im europäischen Ausland, beispielsweise mit Frankreich, England, Spanien oder Italien. Für etwa eine Woche reisen Schüler und Schülerinnen der 9. oder 10. Klassen in die Fremde und leben dort in ihrer Gastfamilie, teilen Alltag und Schulunterricht, um Land und Leute besser kennenzulernen und die Sprache auszuprobieren. Bezahlt werden müssen nur die Reisekosten und ein Taschengeld. So ein von der Schule organisierter Schüleraustausch ist eine gute und günstige Gelegenheit, in eine fremde Kultur zu schnuppern.
>
> Sprachferien dagegen haben in erster Linie das Ziel, deine Sprachkenntnisse zu verbessern; meistens bist du auch in Familien untergebracht, hast zusätzlich täglich vier Stunden Sprachunterricht, aber natürlich auch eine entsprechende Freizeitgestaltung. Es gibt verschiedene Anbieter mit verschiedenen Konzepten – ist jedoch nicht ganz billig. Tipp: Auch die Wohlfahrtsverbände wie die AWO, die Caritas oder das Diakonische Werk bieten Sprachreisen an, die etwas günstiger sind als die bei den kommerziellen Anbietern.

Julia, die dritte in unserem Freundinnen-Bund, durfte an dem Schüleraustausch auch nicht teilnehmen, weil Familie Püttner mit Austauschschülern schlechte Erfahrung gemacht hat. Ashley, Julias große Schwester, hatte vor einigen Jahren eine heiße Liebesgeschichte mit ihrem Austauschpartner, einem gewissen Javier. Der hatte als echter Don Juan nicht nur seine und Ashleys Ehre mit seinen Fäusten verteidigt, sondern sie auch noch mit Drogen in Kontakt gebracht. Soweit ich aber weiß, will Julia trotzdem (oder erst recht?!) beim nächsten Spanienaustausch teilnehmen und ich bin mir sicher, sie schafft es, weil sie ihren Eltern eine zweite Chance abbetteln wird. Niemand kann das so hartnäckig und herzerweichend wie Julia. Auch Jolina durfte leider nicht mitmachen, allerdings war nicht ihre Mutter, sondern unsere Französischlehrerin die Spielverderberin. Jolinas Noten insgesamt seien zu schlecht, meinte sie. Unser Scream-Girl vom Dienst hat sich stundenlang darüber aufgeregt, weil sie hinter der Absage etwas ganz anderes vermutet. Und wahrscheinlich liegt sie damit gar nicht mal so falsch. Denn Frau Müller-Rochefoucauld kann sich mit Jolinas freizügigem Style so gar nicht anfreunden, letztens hat sie sie sogar deswegen aus ihrem Unterricht und zum Umziehen nach Hause geschickt. Vermutlich hat sie Angst um ihren guten Ruf – und um fünfzehn männliche Franzosenherzen … Letzteres nicht ganz unberechtigt, wenn ihr mich fragt.

Genervt drehe ich mich wieder auf die andere Seite. Ich fühle mich total erschöpft und hundemüde, aber meine Gedanken kreisen wie in einem Karussell durch meinen Kopf und lassen mich nicht einschlafen. Morgen machen wir einen Ausflug an den Rhein zu den Loreleyfelsen, fällt es mir ein, während ich die Bettdecke zurechtzupfe. Noch tourihafter ging es wohl nicht. Grinsend muss ich an die reisenden Asiaten denken: See Europe in fourteen days!

Das würde ich in vierzehn Tagen Deutschlandreise anschauen:

Jeweils eine Stadt im Norden, Süden, Westen, Osten, Mitte, zum Beispiel Kiel, Konstanz, Köln, Dresden, Darmstadt. Eine Insel, einen Fluss, ein Gebirge, einen Wald, einen Gipfel, zum Beispiel Juist, den Main, den Hunsrück, den Spessart, die Zugspitze. Eine Kirche, ein Dorf, eine Kleinstadt, eine Großstadt, zum Beispiel den Hambur-

Der Deutsche Tourismusverband hat die TOP 10 der deutschen Sehenswürdigkeiten ermittelt. Welche davon hast du schon besichtigt?

- ❏ 1. Kölner Dom
- ❏ 2. Brandenburger Tor
- ❏ 3. Dresdner Frauenkirche
- ❏ 4. Schloss Neuschwanstein
- ❏ 5. Hamburger Hafen
- ❏ 6. Fernsehturm in Berlin
- ❏ 7. Münchner Oktoberfest
- ❏ 8. Hauptstadt Berlin
- ❏ 9. Hamburger Michel
- ❏ 10. Heidelberger Schloss

Welche Sehenswürdigkeit (sie muss nicht aus dieser Liste sein, sondern vielleicht auch dein spezieller Insider-Tipp) ist für dich die Nummer 1 in Deutschland?

Was ist DIE Sehenswürdigkeit in deiner Stadt/deinem Dorf/ deiner Region?

---

ger Michel, Monreal, Rothenburg ob der Tauber, Berlin. Einen Biergarten, ein Kino, ein Opernhaus, eine Kirmes, ein Reitturnier, ein Fußballspiel, ein Grillfest, ein Ritterfest, ein Konzert der Toten Hosen und dann ist die Zeit auch schon um.

Gestern haben wir bereits eine Stadtrallye durch Frankfurt gemacht und heute waren wir natürlich im Goethe-Haus, was unsere französischen Schulkollegen nicht die Bohne interessiert hat. Uns auch nicht, denn als Schüler aus der Region haben wir alle mehrfach ausführliche Führungen genossen und fühlen uns dort wie zu Hause (Witz!) … Warum können wir mit unseren Schulkollegen nicht ganz normale Dinge tun, die wir sonst auch machen, und sie einfach zu unseren Freizeitaktivitäten mitnehmen: zum Basketball (Frau Leineweber trainiert zweimal die Woche, da könnte Laurence glatt was lernen in der kurzen Zeit!), zum Shoppen (okay, das ist mit Laurence wahrscheinlich nicht der Brüller), zum Eisessen (ob Antonio sie aus der Reserve locken kann?); wir könnten gemeinsam Musik hören (garantiert hört Laurence nur Kuschelrock) oder ins Schwimmbad gehen, ins Kino … Wenn ich mich mit Laurence besser verstehen würde, könnte sie mir auch bei den Französisch-Hausaufgaben helfen. Aber so muss ich mich leider alleine quälen und in meinem stümperhaften Französisch meinen Beitrag für das Jahresheft unseres Goethe-Gymi über den Schüleraustausch selbst verfassen.

Wenn ich gleich nicht einschlafe, stehe ich auf und öffne das Fenster, nehme ich mir vor …

…
…
…
…

Also gut! Ahhh, tut das gut, ich sauge die frische Nachtluft tief ein, atme durch. Ich blinzele in den sternenklaren Himmel hinauf. Wäre doch gelacht, wenn ich die nächsten Tage mit dieser Franzosentussi nicht auch noch gut hinter mich bringen würde, denke ich, da habe ich schon Schlimmeres überstanden!

Ich schwöre, ich habe mir letzte Nacht fest vorgenommen, so nett wie möglich zu dieser Laurence zu sein. Aber wie sie jetzt mit fettigen Haaren und übel gelaunt neben mir am Frühstückstisch sitzt, weiß ich: Das schaffe ich nicht. Dennoch versuche ich, ihr mit Händen und Füßen zu erklären, was wir heute vorhaben und warum wir so zeitig aufstehen mussten. Ihre Reaktion: Sie verzieht nicht eine Miene.

Das ist unfair, absolut unfair!!!

Hilflos gucke ich meine Mutter an, doch die weiß auch nicht weiter.

»Ich habe gestern Abend noch mit Frau Müller-Rochefoucauld telefoniert und ihr unser Leid geklagt«, sagt sie und senkt noch nicht einmal die Stimme dabei. Was, wenn Laurence sie doch versteht?

»Sie hat versprochen, mit ihr zu reden und herauszufinden, was mit ihr los ist.«

In diesem Moment springt Laurence wie von der Tarantel gebissen auf, hechtet in unser Gästeklo – und dann hören wir nur noch Würgen und Kotzgeräusche.

»Na super, den Ausflug können wir knicken«, seufze ich. »Und ich hatte mich so darauf gefreut.«

»Aber *dir* ist doch nicht schlecht«, meint Leon schlau, der gerade die Treppe hinuntergeschlurft kommt. »Du kannst den Aus-

flug doch machen. Mama ist da und kann auf sie aufpassen.«
»Echt?« Das wäre ja grandios, ich wage es kaum, mein Glück zu fassen und Mama anzuschauen. Die nickt mir nur gottergeben zu.
»Leon hat recht. Geh nur, Sina, wahrscheinlich will Laurence nur den Ausflug schwänzen …« Mama rollt genervt die Augen.
»Dann soll sie halt, so langsam ist mir das auch egal. Ich koche ihr einen Kamillentee und stelle ihr Zwieback hin, mehr kann ich wirklich nicht für sie tun.«
Als Laurence jetzt kreideweiß und zitternd von der Toilette zurückkommt, habe ich doch ein bisschen Mitleid mit ihr. »Geht's wieder?«, fragte ich.
Sie lässt sich auf ihren Stuhl plumpsen und nickt schweigend. Als ich ihr dann in meinem besten Schulfranzösisch vorschlage, heute im Bett zu bleiben, huscht ein Anflug von einem Lächeln über ihr Gesicht.
So kommt es, dass ich keine zwanzig Minuten später neben Yannis im Bus sitze und mich so unbeschwert fühle wie seit Tagen nicht mehr. Während die anderen aus meiner Klasse gleich Erdkunde, Chemie und PoWi büffeln müssen, werde ich heute Freizeit genießen und mich der deutschen Kultur widmen, jawohl. Genüsslich kuschele ich mich an meinen Freund, lasse mir von ihm lauter kleine Küsschen ins Haar hauchen und halte seine Hand dabei ganz fest. Endlich mal wieder Yannis! Ich schließe die Augen, immerhin habe ich heute Nacht kaum geschlafen, und während der Bus jetzt auf die Autobahn fährt und beschleunigt, nicke ich in dem gleichmäßigen Dahinrauschen einfach ein.

»Ich weiß nicht, was soll es bedeuten, dass ich so traurig bin, ein Märchen aus uralten Zeiten, das geht mir nicht aus dem

Sinn...« – mit diesem lautstarken Gesinge und Gejohle werde ich geweckt. Juri, typisch. Unser Klassenclown vom Dienst muss sich mal wieder wichtig machen!
»Hey, Junge, lass gut sein, wir müssen uns gleich noch lang genug mit diesem Uralt-Märchen herumschlagen«, fährt ihn Yannis an und legt ritterlich seinen Arm um mich.

> Gut so!!! Mehr davon ...

»Qu'est ce que c'est, L-o-r-e-l-ey?«, fragt Clement und guckt Yannis erwartungsvoll an. Woraufhin mein Freund beflissen antwortet und erklärt, dass es sich um einen hoch aufragenden Schieferfelsen handelt, der aufgrund seiner besonderen Lage die Schifffahrt am Rhein erschwert. Natürlich kann er es nicht lassen und erzählt Clement auch von dem Säuretankerunglück im Januar 2011.
»Stell dir vor, da sind über 1500 Tonnen Schwefelsäure in den Rhein geflossen«, ereifert sich Yannis. »Bis jetzt weiß man noch nicht, welche Folgen das für die Fische und Pflanzen im Rhein hat.«
Doch Clement zuckt nur mit den Schultern. »Et alors?«, murmelt er.
»Ich finde das auch nicht so schlimm«, wiegele ich ab. »Der Rhein hat so viel Wasser, das ist doch alles längst verdünnt.«
»Ich glaub's ja nicht«, empört sich Yannis und zieht seinen Arm zurück. »Sag das noch mal?«
»Mais non, Sina a raison, ce n'est pas grave ... les allemands sont trés ...« Clement sucht nach den passenden Worten ... »trés hystérique, im Stress, comme vous direz.« Er lächelt mir charmant zu und ich denke: Da hat er wohl recht, wir Deutschen neigen öfters mal zu Panik, siehe Yannis, wo doch jeder einigermaßen

naturwissenschaftlich begabte Mensch weiß, dass sich die Substanzen verdünnen und für uns Menschen dann unschädlich sind. Wirkliche Umwelt- bzw. Naturkatastrophen sehen anders aus, wie zum Beispiel die Abholzung des Regenwaldes oder das schwere Erdbeben in Japan. Gemessen daran sind ein paar Liter Schwefelsäure nicht der Rede wert, finde ich.

»Sina, ich erkläre dir jetzt mal was«, hebt Yannis an und ich denke, oh-oh, jetzt kommt wieder eine seiner sachdienlichen Belehrungen. »Ein Hai kann dank seiner Sinneswahrnehmung einen Tropfen Blut auf drei Kilometer Entfernung riechen. Jetzt ist Blut ein harmloser Stoff für die Natur, aber Schwefelsäure ist eine der aggressivsten Säuren, die es gibt! Meinst du wirklich, dass die für die Tier- und Pflanzenwelt im Rhein so ungefährlich ist?« Er schaut mich herausfordernd an.

Diesen Blick kenne ich. Wenn ich jetzt nicht einlenke, ist Yannis für die nächsten Tage dauerbeleidigt und wird kein Wort mehr mit mir sprechen. Für einen Moment halte ich inne, überlege. Aber auch wenn sich Yannis' Argumentation plausibel anhört und ich im tiefsten Inneren meines Herzens natürlich diese Umweltsauerei auch nicht gutheiße, kann ich es jetzt nicht zugeben, ich finde seine Reaktion reichlich übertrieben. Er muss doch hier nicht den dauerbesorgten Deutschen raushängen lassen und damit das Klischee der Franzosen bestätigen. Also zucke ich gleichgültig mit den Schultern, murmele ein »Schon ...« und lästere die restliche Fahrt mit dem relaxten Clement gemeinsam über die »gestressten, ernsthaften« Deutschen, die von den Franzosen *les Houillards* genannt werden. Yannis guckt mich finster an, als ich über Clements Kommentare lache. Stimmt doch, denke ich, viele von uns Deutschen reden laut, haben kaum Sinn für Humor, sind superdiszipliniert und alles andere als spontan. Ich sage nicht, dass wir dafür auch sauber sind (im Gegensatz zu Laurence!), fleißig (wie Papa) – und ständig am Grübeln (wie ich?!) und am Tüfteln (wie Yannis!!!), weshalb wir – bekannt für die German Gründlichkeit – zu den führenden Industrienationen der Welt zählen. Neben Frankreich natürlich (also sind Pünktlichkeit, Fleiß und Ernsthaftigkeit doch nicht alles???). Denn dass Clement stolz auf seine Nationalität ist, schwingt in jeder Silbe mit. Ich bin auch gerne Deutsche und finde mein Land toll, aber ich würde es niemals dauernd so raushängen lassen.

> Das kommt mir einfach nicht so leicht über die Lippen.

Die Deutschen leiden im Vergleich zu anderen Nationen unter einem mangelnden Selbstwertgefühl und besitzen kaum **Nationalstolz.** Das hat vor allem mit der Kriegsvergangenheit der Deutschen zu tun. Seit der unrühmlichen Zeit des sogenannten Dritten Reichs hat sich kein Deutscher mehr getraut, Deutschland zu bejubeln, weil man den pathetischen Nationalstolz Hitlers noch zu sehr in den Ohren hatte. Bis vor ein paar Jahren war deshalb ein »guter« Deutscher einer, der sich mit den Nachbarländern verbrüderte und beispielsweise bei einer Fußball-WM auch den Franzosen und den Holländern die Daumen drückte. Seit der Fußball-Weltmeisterschaft 2006 in Deutschland hat sich jedoch im Lande das Bewusstsein für Schwarz-Rot-Gold

> verändert. Die Deutschen haben es hinbekommen, auf eine gesunde Art ihre Mannschaft anzufeuern und somit einen Nationalstolz zu entwickeln – und gleichzeitig gute Gastgeber zu sein. Der Knoten war geplatzt. Während man seit der Nachkriegszeit und bis zum Ende des letzten Jahrtausends Schwierigkeiten mit nationalen Symbolen hatte, ist es für heutige Jugendliche längst gang und gäbe, die schwarz-rot-goldene Fahne ans Fahrrad oder Auto zu hängen, Häuser zu dekorieren, entsprechende Outfits samt Schminke zu tragen.

»La vie, la France, Lasagne«, lästert Juri in Anspielung auf den Garfield-Film. »Es lebe die deutsch-französische Freundschaft!« Natürlich meint er damit Clement, der mir beim Aussteigen ritterlich die Hand reicht. Kichernd lasse ich mich von ihm aus dem Bus ziehen, muffig beäugt von Yannis.
»Ta gueule«, fährt ihn Clement an und lässt einen Schwall Französisch auf ihn ab, dass mir schwindelig wird.

==Mist, verdammt, warum verstehe ich kein Wort?!==
==Warum redet der nicht Deutsch?==

»Mach mich nicht an«, wehrt sich Juri und guckt ihn provozierend an, »was immer du da losgeblasen hast, du kannst mich mal, Franzosengroßmaul!«
Hätte Frau Müller-Rochefoucauld nicht in jenem Moment nach uns gerufen, die beiden hätten eine astreine deutsch-französische Klopperei hingelegt, jede Wette. So sind sie aber erst mal abgelenkt, weil sich eine blonde Wallehaartussi als unsere Gästebegleiterin vorstellt. Und während sich Juri und Clement nur noch ein paar missgünstige Blicke zuwerfen, erklärt sie der mehr oder weniger lauschenden Truppe, dass sie mit uns in den

nächsten vier Stunden die Loreley erwandern und uns alles Wissenswerte über Historie, Brauchtum und aktuelles Weltkulturerbe vermitteln will. Mittlerweile stehe ich eingehakt zwischen Kleo und Camille und wir drei sind uns einig: Das wird todsterbenslangweilig!

»Da wäre ich doch lieber bei der kotzenden Laurence geblieben«, seufze ich und versuche, Camille zu erklären, was passiert ist. Die rollt nur mit den Augen, flüstert irgendwas zu ihren französischen Schulkolleginnen Pauline und Oceane, was ich nicht verstehe. Kleo hält sich erschrocken die Hand vor den Mund und lauscht gebannt, was die drei erzählen.

Ich verstehe kein Wort. »Jetzt sag schon«, nerve ich Kleo und zupfe sie ungeduldig am Ärmel, doch Kleo wehrt mich mit einer wedelnden Geste ab und stellt Camille ein paar Fragen. Also marschiere ich alleine los und weiß bald nicht, was ich schlimmer finde: Die langweiligen Ausführungen von unserer »Loreley«, den steilen Treppenweg oder dass sich Kleo sprichwörtlich hinter meinem Rücken mit den Französenmädchen verbündet hat. Doch mein Ärger währt nicht lange, denn irgendwann taucht Kleo wieder neben mir auf, entschuldigt sich und berichtet mir brühwarm, was sie erfahren hat.

»Stell dir vor, Sina, Laurence' Vater war ernsthaft dagegen, dass sie nach Deutschland fährt. Weil sein Großvater im Krieg gefallen ist und die Deutschen ihr französisches Dorf besetzt und ausgeplündert haben! Die ganze Familie muss total deutschfeindlich sein ...« Kleo schüttelt den Kopf. »Und jetzt hat sie

natürlich Angst davor, wieder nach Hause zu kommen, weil sie befürchtet, dass er austickt.«
Ich zucke mit den Schultern. »Na, und?«
»Jetzt sei doch nicht so, Sina, das Mädel ist arm dran, stell dir mal vor, du hättest solch ausländerfeindliche Eltern!« Kleo macht eine theatralische Geste. Wahrscheinlich denkt sie insgeheim: Dann lieber eine überfürsorgliche Mutter wie meine!
»Trotzdem. Sie ist der totale Miesmuffel. Und ich frage mich, weshalb sie dann gegen den Willen ihrer Eltern hierher gekommen ist, wenn sie doch in Wirklichkeit überhaupt keinen Bock auf Deutschland hat.« Ich verdrehe die Augen.
»Weil sie ein Geheimnis hat, das sie vor ihren Eltern verbergen muss.« Kleo blinzelt mich verschwörerisch an und winkt mich ganz dicht zu sich heran. »Sie ist nämlich schwanger!«
»WAS???« Erschrocken schlage ich mir die Hand vor den Mund. Camille, Clement, Pauline und die anderen drehen sich verwundert nach mir um. Yannis rollt genervt die Augen, denn »Loreley« rezitiert gerade »Ich weiß nicht, was soll es bedeuten …« und da will er natürlich gebannt lauschen. »Ausgerechnet die ist schwanger? Ich glaub's nicht. Deswegen kotzt sie rum und friert ständig! Deswegen will sie nicht reden!«
Seufzend marschiere ich neben Kleo weiter, noch wenige Meter, dann sind wir endlich oben. »Und jetzt? Was sagen Camille und die anderen dazu?«, frage ich Kleo. Ein klitzekleines bisschen tut mir Laurence jetzt doch leid.
»Die sind alle Feuer und Flamme für das Baby! Camille hat ihr angeboten, mit ihren Eltern zu reden, Pauline will mit ihr zu einer Beratungsstelle gehen. Aber Laurence blockt komplett ab, sie hat ihnen noch nicht einmal verraten, wer der Vater ist.«
»Hauptsache, sie bekommt das Baby nicht bei uns …« Mit Schauern erinnere ich mich an die Nachrichtenmeldung über

eine Zwölfjährige, die auf einer Klassenfahrt entbunden hat – und angeblich von ihrer Schwangerschaft nichts gewusst haben will.

»Mensch Sina, jetzt reg dich mal ab. Laurence hat dir doch gar nichts getan, ich erkenne dich kaum wieder!«, regt sich Kleo auf.

»Mach mir mal ein schlechtes Gewissen«, meckere ich zurück. Bleibt mir denn gar nichts erspart? Erst Laurence, die rumkotzt, dann Yannis, der mich angiftet, und jetzt auch noch Kleo, die mich unter Druck setzt, nur wegen so einer Tussi. Wundert sich da jemand noch über meine schlechte Laune? Missmutig hocke ich mich auf eine Bank, während die anderen vergnügt ihre »Jausenbox« einer hiesigen Metzgerei auspacken. Angewidert betrachte ich das fette Schinken-Käse-Baguette, die zehn verschrumpelten Trauben und die obligatorische Flasche Multisaftgetränk. Vor lauter Ärger im Bauch bringe ich keinen Happs hinunter. Da spüre ich, wie sich eine warme Hand auf meine Schulter legt.

»Tu n'as pas faim?«, erkundigt sich Clement. »Ast du keinen Unger?« Ohne Umschweife setzt er sich einfach neben mich, packt seine Stulle aus, und während ich dann doch ein bisschen Obst esse, fängt er an, sich mit mir zu unterhalten. Dass er Deutschland und die Deutschen so toll findet, unsere Lehrer im Gegensatz zu ihren richtig kumpelhaft, unsere Klassengemeinschaft großartig. Weil uns irgendwann die Themen ausgehen, fängt er an, mit mir original französische Zungenbrecher zu üben.

Un chasseur sachant chasser sans son chien est un bon chasseur.
Douze douches douces.

Lulu lit la lettre lue à Lili et Lola alla à Lille ou Lala lie le lilas.
Sachez, mon cher Sasha, que Natasha n'attacha pas son chat.
Si six cents scies scient six cent saucisses,
six cent six scies scieront six cent six saucissons.

Lachend spreche ich ihm nach, bis ich einen Knoten in der Zunge habe. Obwohl ich mit Französisch eigentlich auf Kriegsfuß stehe, gelingt mir das Nachsprechen gar nicht mal so schlecht. Weil Yannis die ganze Zeit über mürrisch zu uns herüberschaut, rücke ich noch ein Stückchen dichter an Clement – und lasse ihn zur Abwechslung deutsche Zungenbrecher üben:

Zwanzig Zwitscherzwetschgen zaubern zwanzig Zwetschgenzwiebeln.
Auf den sieben Robbenklippen sitzen sieben Robbensippen, die sich in die Rippen stippen, bis sie von den Klippen kippen.
Kaplan Klapp plant ein klappbares Pappplakat.
Schnecken erschrecken, wenn Schnecken an Schnecken lecken, weil zum Schrecken vieler Schnecken Schnecken nicht schmecken.

Meine Sprache, meine Welt

Camille und Clement sind längst wieder in »la belle France«, Kleo und die anderen todtraurig und Yannis immer noch sauer. Die Einzige, die wirklich gute Laune hat und froh ist, dass die Franzosen wieder in ihren Bus gestiegen sind, bin ich. Dabei hatte ich mir die letzten zwei Tage noch ordentlich Mühe gegeben mit Laurence, aber als sie mitgekriegt hat, dass ich im Bilde bin und noch schlimmer, meine Mutter eingeweiht habe, hat sie erst recht kein Wort mehr mit mir geredet. Demonstrativ ist sie zum morgendlichen Kotzen auf der Toilette verschwunden, um hinterher ihre Leidensmiene noch deutlicher zur Schau zu tragen. Nach etlichen Diskussionen haben Mama und ich beschlossen, uns aus ihrem *désastre* herauszuhalten; wenn eine so verbohrt ist und keine Hilfe haben will, muss man das eben akzeptieren. Natürlich hat Mama diese unglückliche Teenie-Schwangerschaft zum Anlass genommen, mich über die Dringlichkeit von Verhütung aufzuklären, wenn ich eines Tages mit Yannis so weit sein sollte.

Aber da konnte ich sie beruhigen. Erstens fühle ich mich noch nicht so weit ... und zweitens spricht mein Freund sowieso kein Wort mit mir, ganz zu schweigen von irgendwelchen Körperkontakten, weil dieser Döskopp doch tatsächlich denkt, ich hätte ihn mit Clement betrogen. Aber auch ich kann trotzig sein – und deshalb lasse ich ihn einfach in dem Glauben. Klar habe ich

mit Clement geflirtet, alle Mädchen aus unserem Jahrgang haben das getan. Aber ich hatte mit ihm vor allem superviel Spaß, wir haben herumgeblödelt, noch mehr Zungenbrecher geübt, Musik gehört und uns richtig gut unterhalten. Auf Deutsch, auf Französisch, mit Händen und Füßen. Soll mal einer lachen – das geht!
»So kommt die Schprache vom Erzen«, hat Clement gesagt und mich sehr ernst dabei angeschaut. »C'est vrai, Sina, das ist ganz ehrlisch.«
Ich habe nicht ganz geblickt, was er meint. Aber als Yannis ein paar Tage später in der großen Pause angedackelt kommt und wissen will, was los ist, und mir daraufhin einen endlosen Vortrag hält über das, was sich als Freund und Freundin gehört, wir uns doch endlich verzeihen sollten, kein Klischee dabei auslässt und tief in die Herzschmerzkiste greift, kapiere ich: Man kann mit Worten reden oder eben von Herzen sprechen. Das eine ist rhetorisches Blabla, das andere das, was einer wirklich meint. Und da ist es egal, ob man perfekt Deutsch, Englisch oder Französisch kann.

> Mit **Rhetorik** bezeichnet man die Redekunst, jemanden durch geschickte Wortwahl von seiner Meinung zu überzeugen oder zu einer Handlung zu bewegen. War Rhetorik in früheren Zeiten eine anerkannte Kunst, gilt sie heute eher als Technik, um in einem Gespräch bzw. in einem Vortrag (Werbung, Erziehung, Wissenschaft) bestimmte Ziele zu erreichen.

Weil ich Yannis aber so gut kenne und liebe, lasse ich ihn ausblubbern, bis er mit seinem Geschwafel fertig ist. Schließlich kommt es nicht alle Tage vor, dass er so viele Worte verliert. Dann schließe ich seinen Mund einfach mit einem Kuss.

»Idiot«, murmele ich dabei, »das meinst du doch gar nicht ernst. Komm, halt mich fest!«

»Klar meine ich das ernst«, murmelt Yannis zurück und drückt mich an sich. »Ich kann das nicht leiden, wenn einer meine Freundin belagert.«

»Jetzt tu doch nicht so«, ereifere ich mich und rücke ein Stück ab, »du hast dich doch mit Oceane auch gut amüsiert, n'est-ce pas?«

Jetzt wird Yannis rot. Am letzten Abend bei der Abschlussparty hat Oceane ihn nämlich so lange zum Tanzen aufgefordert, bis er schließlich nachgegeben und zum Gespött aller den Partyschreck gegeben hat, weil er mit ihr beim Tanzen alle anrempelte. Wen wundert's, dass er sonst nie tanzt.

»Ach, das.« Yannis winkt ab. »Das war doch nichts.«

»Siehst du, und das mit Clement war auch nichts.« Ich blitze ihn an und winde mich aus seiner Umarmung. Keine Rede mehr von Versöhnungskuss. Wahrscheinlich würden wir immer noch fiese Augengefechte ausführen, hätte es nicht just in diesem Moment geklingelt. Yannis muss in Latein, ich habe Spanisch als dritte Fremdsprache gewählt.

Eigentlich hätte es genau umgekehrt sein müssen, haben damals alle gemeint. Ich mit meiner Hochbegabung für Mathematik und logisches Denken hätte mich mit einer Büffelsprache wie Latein viel leichter getan als mit einer »lebendigen« Fremdsprache wie Spanisch. Frau Müller-Rochefoucauld hatte mir sogar in einem Vier-Augen-Gespräch ganz dringend davon abgeraten, mir noch eine romanische Sprache aufzuhalsen, nach dem Motto: Einmal verloren, immer verloren. Doch sie weiß nicht, wie sehr ich darauf brenne, endlich richtig Spanisch sprechen zu können – und Französisch – Gott sei Dank – in der Oberstufe abzuwählen.

> **Latein** war die Amtssprache des Römischen Reichs und wurde so zur Verkehrssprache im westlichen Mittelmeerraum. Auch wenn die Sprache heute nirgendwo mehr gesprochen wird, ist sie in vielen Sprachen noch sehr präsent **(Interesse** = inter esse = dabei sein; **gratis** = Ablativ von gratia = für bloßen Dank; **Medizin** von medicus = Arzt). In Deutschland wird sie wegen ihres hohen kulturellen Wertes an vielen Schulen gelehrt und ist mancherorts Voraussetzung für das Studium.
>
> Aus der gesprochenen Umgangssprache, dem sogenannten Vulgärlatein, haben sich die romanischen Sprachen entwickelt. Die am meisten gesprochenen Sprachen sind Spanisch, Portugiesisch, Französisch, Italienisch und Rumänisch, ihr Vokabular ist in Wort und Schrift untereinander und auch dem Latein (das nicht als romanische Sprache gilt) ähnlich. Sprache heißt zum Beispiel auf Latein lingua – lengua, lengue, lingua, língua, limba auf **Spanisch,** Französisch, Italienisch, Portugiesisch und Rumänisch.
>
> Englisch, **Deutsch,** Niederländisch oder Schwedisch gehören zu den germanischen Sprachen. Auch sie haben Wortähnlichkeiten (father, Vater, vader, farsan) und grammatikalische Gemeinsamkeiten. Im Vergleich zu den romanischen Sprachen hat hier jedoch eine Lautverschiebung stattgefunden: Aus pater wurde Vater (p=f/v), aus cor das Herz (c/k=h) usw.
>
> Romanische und germanische Sprachen gehören zu der Familie der indogermanischen Sprachen.

Ich war nämlich letztes Jahr in den Osterferien für einige Tage mit Mama und Tante Irene in Spanien, genauer gesagt in Andalusien. Wir waren in den großen Städten Córdoba, Granada und Sevilla und haben all das getan, was Touristen tun: Sightseeing, die Semana Santa (beeindruckende Prozessionen!) be-

staunt, eine Kathedrale nach der nächsten besichtigt, außerdem die Mezquita, die Alhambra (selten einen so magischen Ort gesehen!), die Giralda (eine Rampe zum Hochreiten!). Dank Irenes sachkundiger Führung haben wir aber auch kleine verwinkelte Gassen kennengelernt, von stillen Plätzen aus auf die Schneegipfel der Sierra Nevada geblickt und in urigen Tapas-Bars köstliche Kleinigkeiten geschmaust. Ich habe fast nur freundliche Spanier getroffen, die uns mit Händen und Füßen den Weg oder ein Gericht erklärt haben, uns auf dem *mercado* Manchego-Käse haben probieren lassen oder uns mit *chocolate con churros* beschenkten. Auch wenn Mama und Irene dabei waren, fühlte ich mich unglaublich frei und locker, ohne Zwang. Dieses mañana-Gefühl, Pause von allem, hatte ich damals unglaublich genossen. Wirklich »schuld« an meiner Spanisch-Begeisterung aber sind zwei Erlebnisse, ein nicht so schönes und ein sehr schönes:

Eines Tages haben wir auf einem Flohmarkt witzige Unterwäsche kaufen wollen, die mit jeweils zwei Euro pro Stück ausgezeichnet war. Macht bei fünf Teilen zehn Euro. Doch die Verkäuferin hat unseren Zwanziger genommen, nichts rausgegeben und mit Händen und Füßen einen Schwall Spanisch auf uns abgelassen. Weil sie nicht zu bewegen war, unser Wechselgeld rauszurücken, blieb uns nichts anderes übrig, als uns mit unserer Tüte zu trollen, auch wenn Irene ihrerseits lautstark geschimpft hat. Ich habe nicht verstanden, was die Händlerin uns hinterhergerufen hat, »guíri« und »puta nazi«. Doch das hat gereicht, um zu kapieren, dass es in Spanien wie überall unliebsame Zeitgenossen und Ausländerfeindlichkeit gibt. Wäre ich des Spanischen mächtig gewesen, hätte ich ihr entsprechend antworten und mich wehren können. So haben wir nur ziemlich blöd und betroffen so schnell wie möglich diesen Markt verlassen.

> Erzfeindschaften und Ressentiments aus Tradition gegen bzw. zwischen den Nationen sind für dich und viele Kinder der Nach-Nachkriegssituation längst kein Thema mehr. Heute gibt es statt traditionellen Streitereien um die Rheingrenze zum Glück unzählige deutsch-französische Freundschaften in Partnergemeinden. Guck mal nach, auch deine Stadt hat sicherlich eine Schwesternstadt in Frankreich (und anderen Ländern).
> Zudem werden die Deutschen heute durch ihr weltfriedensförderndes Engagement längst nicht mehr als Nationalsozialisten verurteilt. Heute fürchten wir uns auch nicht mehr vor den Russen und dem Eisernen Vorhang, sondern vor Umweltkatastrophen und Börsencrashs.

Das zweite Erlebnis ist die Lektüre von Laura Gallegos *Zwei Kerzen für den Teufel* – ein Buch, das ich während der Reise in jeder freien Minute verschlungen habe: auf einer Mauer im Albaycín, im duftenden Garten der Alhambra, bei einem Bitter Kas am Flussufer des Guadalquivir ... völlig eingesogen in die Geschichte der Tochter eines Engels, habe ich mich immer wieder gefragt, wie ich mich wohl mit der Autorin unterhalten würde, wenn sie jetzt vor mir stünde.

==Lach mich nicht aus,
nicht zuletzt deswegen wollte ich Spanisch lernen!==

Später bin ich ja auch noch mit Grace, Dunja und Vesna nach Málaga geflogen und war für zwei Wochen in dieser Model-WG in den Alpujarras. Da waren die ersten gelernten Vokabeln bereits sehr hilfreich, zumal ich alleine durchs Örtchen gezogen bin, als ich mit den anderen Models Stress hatte. Ich habe die Entscheidung für Spanisch als dritte Fremdsprache nicht eine Sekunde lang bereut!

Und wir haben eine tolle Lehrerin, María Pilar Zapatero, die im Gegensatz zu Frau Müller-Rochefoucauld nicht im schnarchigen Faltenrock angeschlappt kommt, sondern total schick im Jeanskleid vor uns steht. Wir dürfen sie duzen, zu Beginn des Unterrichts alle Fragen stellen, die uns bezüglich Spanien und den Spaniern auf den Nägeln brennen, und uns aussuchen, ob wir ein Musikstück, einen Filmausschnitt oder einen Zeitungsartikel bearbeiten wollen. Ganz konsequent spricht sie mit uns nur Spanisch, auch wenn wir unser Anliegen auf Deutsch vortragen, und ebenso konsequent gibt sie uns Hausaufgaben aus unserem Lehrbuch auf. Trotzdem ist Pilars Unterricht der beste, den ich je hatte, spannend und abwechslungsreich, wir brennen für sie und wollen sie nicht enttäuschen. Sie singt mit uns die Lieder aus den spanischen Charts, bringt Zeitungsausschnitte aus dem *El País* mit und diskutiert mit uns über die aktuellen Demonstrationen und die hohe Arbeitslosigkeit in Spanien. Bis jetzt habe ich noch kein einziges Mal meine Vokabeln nicht gelernt und selbstredend die Hausaufgaben noch nie vergessen.

> **Vokabeltraining** à la carte: Manchmal hilft nur stures Auswendiglernen, und zwar Karteikarte für Karteikarte. Am besten lernst du täglich: Nicht mehr als zehn neue Vokabeln sollten pro Tag dazukommen. Alte Vokabeln wiederholst du, bis

> zu dreißig Wiederholungen kann sich dein Gehirn gut merken. Was sitzt, kommt ins hintere Karteifach, was nicht, ins vordere für den nächsten Tag.
>
> Viele Jugendliche lernen inzwischen mit einem Vokabellernprogramm am Computer. Das Prinzip ist dasselbe. Das Programm fragt dich in länger werdenden Zeitabständen jede Vokabel bis zu sechsmal ab. Richtig beantwortete Vokabeln wandern in die nächste Lernphase, falsche gehen zurück.
>
> Egal, ob am Computer oder mit dem Karteikasten – wichtig ist, dass du durch genügend Wiederholungen die Wörter im Langzeitgedächtnis verankerst.

Im Gegensatz zu mir ist meine Freundin Julia nicht sonderlich begeistert von Spanisch. Sie findet zwar Pilar wie wir alle supercool, aber mit der Konjugation der Verben tut sie sich wahnsinnig schwer. »Immer dieses Auswendiglernen«, stöhnt sie, als wir die heutigen Hausaufgaben notieren. »Ich kann mir das einfach nicht merken ...«

»Ach, das ist doch easy«, winkt Sebastian ab. »Guck doch, es ist immer die gleiche Grundform und die verschiedenen Endungen hängst du einfach dran. Yo trabajo, tu trabajas, il trabaja ...«

»Du hast gut reden«, schaubt Julia, »nur weil du das mit der Muttermilch eingesogen hast und zweisprachig aufgewachsen bist ...«

»Stimmt doch gar nicht«, wehrt sich Sebastian. »Meine Mutter hat sich kurz nach meiner Geburt aus dem Staub gemacht, hasta la vista, baby.« Er fährt sich durch seine gegelten Haare. Sebastian ist unser Markenboy, immer top und teuer gestylt. Nach einer kleinen Pause fügt er ernst hinzu: »In Spanien war ich noch nie, wenn du es genau wissen willst. Es war die Idee von meinem Vater auszuprobieren, ob ich mit meiner ›Muttersprache‹ etwas anfangen kann. Offensichtlich wusste er, warum ... Und wahrscheinlich hast du recht, Julia, die Sprache liegt mir im Blut. Mir macht das richtig Spaß!« Jetzt grinst er sein charmantes Sebastian-Grinsen, weshalb die Hälfte meiner Mitschülerinnen ihm zu Füßen liegt.

Zweisprachig aufgewachsene Kinder haben mehrere Vorteile: Sie wissen, dass es verschiedene Sprachen gibt und dass Sprache Kultur und Identität verleiht. Gleichzeitig haben sie ein viel größeres Bewusstsein für Sprache und die Vielfältigkeit von Bedeutungen der Wörter.
Ob ein- oder zweisprachig, Sprache wird auf vielfältige Weise erworben: durch Nachahmen, durch Mitmachen, durch eigene Erfahrung und auch, weil uns die Grundlagen der Sprache angeboren sind. Wichtig beim Spracherwerb ist, dass die Sprache eine Bedeutung hat und von mindestens einer Person »gelernt« wird, dem sich das Kind eng verbunden fühlt und der das Kind vertraut. Nicht von ungefähr heißt es deshalb auch **Muttersprache:** Die Mutter ist in der Regel die erste Person, der Kinder vertrauen. Von ihr lernt das Kind alle wichtigen Wörter und ihre Bedeutungen, werden beim Sprechen immer wieder von ihr korrigiert und in ihrem Bewusstsein geprägt. Das heißt, sie glauben ihrer Mutter, wenn sie sagt: »Das ist eine Ente«, und stellen das Gesagte nicht infrage.

Täusche ich mich oder läuft Julia rot an? Obwohl die beiden seit Ewigkeiten gemeinsam in die Klasse gehen, scheint es, als hätten sie sich soeben das erste Mal *richtig* gesehen. Na, dann hat Julia ja ihren Nachhilfelehrer gefunden …

Grinsend packe ich meine Bücher in meine Schultasche. Meine Vokabeln werde ich nachher gemeinsam mit Yannis in der Hollywoodschaukel lernen, bis dahin hat er sich hoffentlich wieder eingekriegt und unseren Streit vergessen. Heute ist nämlich Abfragtag, den haben wir eingeführt, seit wir diese dritten Fremdsprachen haben. Ich übe mit ihm Latein, er mit mir Spanisch, zwischendurch küssen wir ein bisschen … soll mal einer sagen, Vokabellernen mache keinen Spaß!

Aber den Spaß kann ich für heute knicken, Yannis ist jetzt tatsächlich beleidigt, weil er es albern findet, dass ich ihm das Tanzen mit Oceane vorwerfe.

> Weiß nicht, warum der so empfindlich reagiert.
> Ich habe mich nur darüber gewundert, wo er doch sonst NIE tanzt, das kann ich doch mal tun.
> Und ihm den Spiegel vorgehalten, dass er mir mit Clement gerade das vorwirft,
> was er mit Oceane ebenfalls getan hat.

Keine Ahnung, in was er sich da gerade hineinsteigert. Dabei ist das alles doch über eine Woche her und in meinen Augen völlig überflüssig.

»Mocht nix, dann lernst mit mir«, meint mein Onkel Ösi gut gelaunt, als er am späten Nachmittag bei Kaffee und Erdbeertörtchen meine Enttäuschung mitbekommt. »Vernachlässige bloß nicht deinen Wortschatz, Sina, Sprachen sind das Tor zur Welt, da macht mir keiner was vor.«

»Jaja, ich weiß«, winke ich ab. »Das erzählt mir meine Freundin Milli auch jeden Tag.«

Als Tochter international erfolgreicher Eltern ist Milli wie viele Menschen der Meinung, dass Englisch die Weltsprache schlechthin ist, die man am besten schon im Kindergartenalter lernt und später gezielt auf Sprachakademien verbessert. Deswegen sieht sie auch keinen Sinn darin, sich für das popelige Schulenglisch geschweige denn für einen Schüleraustausch mit irgendwelchen Engländern bzw. Franzosen abzurackern. »Was soll ich zwei Wochen bei irgendwelchen doofen Gasteltern rumhocken, wenn ich mich viel intensiver mit Papas Geschäftspartnern in Dubai im Fünf-Sterne-Spa unterhalten kann, und zwar auf Englisch, Französisch und Portugiesisch«, hat sie cool abgewunken, als unsere Fremdsprachenlehrer Werbung für ihre diesjährigen Austauschprogramme gemacht haben.

»Natürlich lernt man Sprachen auch, um international Geschäftskontakte zu pflegen«, meint mein Onkel, »aber überlege doch mal, welche Möglichkeiten dir Sprache noch eröffnet, was du alles sagen kannst, wenn du dich auszudrücken vermagst. Das gilt für deine Muttersprache ebenso wie für eine Fremdsprache.«

> »Die Grenzen meiner Sprache bedeuten die Grenzen meiner Welt.«
> (Ludwig Wittgenstein)

Verständnislos blicke ich ihn an. Was will er mir eigentlich *sagen?* Onkel Ösi zählt zu den führenden Mitgliedern des deutschen Orthopädenverbands, reist mehrfach im Jahr zu Kongressen rund um die Welt und hält Vorträge in China. Ich wusste nicht, dass er unter die Sprachforscher gegangen ist. Da mischt sich Irene ein. »Das ist sein Lieblingsthema in letzter Zeit«, lacht sie und wuschelt ihm zärtlich durchs Haar. »Mit seinem Freund Wáng Mengfú, ein Psycholinguist, diskutiert er stundenlang über Sprache und ihre Möglichkeiten. Deinen Onkel fasziniert die Möglichkeit, dass ein und dasselbe Zeichen in verschiedenen Kombinationen etwas vollkommen anderes bedeutet.«

»Ist doch ganz einfach, Sina«, erklärt Ösi, als ich ihn jetzt verständnislos anblicke, und kritzelt was auf ein Stück Papier. »Das Zeichen für *Baum* geht so, zwei Bäume bedeuten *Wald*, drei Bäume *eine Fülle von Bäumen*. Aber *ausruhen*«, er kritzelt wieder drauflos, »geht so: Eine Person lehnt an einem Baum. Und wenn sich ein Vogel auf den Baum setzt, bedeutet das *Versammlung*. Spannend, oder?«

Semiotik (von griech. semeion = Kennzeichen) ist die Lehre von den Zeichen, ihrer Entstehung und ihrer Funktion. Zeichen jedweder Art übermitteln Information, ohne sie wäre Kommunikation nicht möglich. Die **Semantik** (von griech. semainein = bezeichnen) wiederum untersucht die Beziehungen zwischen Zeichen und Bedeutung. Sie geht also zum Beispiel der Frage nach, wie ein Wort (Baum) entstanden ist, was es genau bezeichnet (Pflanze mit Stamm und Blättern) und was nicht (Busch), wo seine Grenzen sind (Art?) etc.

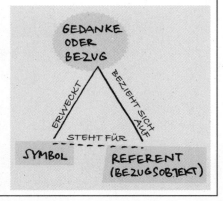

So langsam blicke ich, was er meint, und überlege laut: »Dazu muss man aber wissen, dass dieses Zeichen *Baum* bedeutet und darf keiner anderen Meinung sein.«

»Schlaues Mädchen«, grinst mein Onkel. »Wenn ich einen Baum sehe und dazu Baum sage, sind wir uns auch einig, dass es ein Baum ist. Weil das Wort Baum das bezeichnet, was wir uns als Baum vorstellen … Das ist bei Gegenständen ja noch ganz einfach, schwierig wird es bei abstrakten Begriffen wie Liebe oder Frieden.« Er guckt mich verschmitzt an und ich denke, ich sehe vor lauter Wald die Bäume nicht. Na, das soll er lieber mit seinem Wan Tan Dingsbums diskutieren, für mich ist viel wichtiger, dass ich meine spanischen Vokabeln reingebimst bekomme, weil wir morgen einen Test schreiben. Außerdem habe ich mir fest vorgenommen, dass ich bei unserem nächsten Spanienaufenthalt meine Cola und mein Bocadillo auf Spanisch bestelle, und zwar fehlerfrei, ohne Akzent. Mit Grauen ist mir noch von unserem Andalusienurlaub in Erinnerung, wie Irene mit ordentlich Mühe, aber völlig dämlich geradebrecht hat, um uns ein Mittagessen zu ordern.

»Wie verständigst du dich eigentlich in China?«, will ich wissen und angele nach meinem dritten Erdbeertörtchen. »Jetzt erzähle mir nicht, du lernst Chinesisch?!«

Ösi grinst. »Nein, wir sprechen Englisch … aber ein paar Basics weiß ich schon, wie *Guten Tag* und *Auf Wiedersehen*. Man muss sich halt Mühe geben, dann klappt das schon.«

Da muss ich ihm leider recht geben. In knappen Worten erzähle ich von meinem Gruselerlebnis mit Laurence, die sich so gar nicht für Deutschland und die deutsche Sprache interessiert hatte.

»Dabei ist Deutsch gar nicht so schwer, wie viele immer tun«, grinst Ösi, »ich als Ausländer muss es ja wissen!«

»Aber woran liegt es dann, dass bei uns immer noch so viele Ausländer kein Deutsch sprechen, obwohl sie schon so lange hier leben?«, mischt sich jetzt Leon ein, der die ganze Zeit über still am Tisch gesessen hat und unseren Ausführungen gefolgt ist. Auch er hat den Mund voll mit Kuchenkrümeln. »Ich meine zum Beispiel so Leute wie die Putzfrau von unserer Schule. Ich weiß nicht, wo die herkommt, vielleicht aus Bosnien oder so, aber sie schafft es kaum, *Guten Tag* zu sagen, wenn sie reinkommt. Oder der alte Vater von Mo, dem Kioskbesitzer. Mo spricht fließend Deutsch und sein Vater, dem der Kiosk eigentlich gehört, kein Wort, dabei ist sein Vater schon länger hier in Deutschland als Mo.«

Erstaunt gucke ich meinen Bruder an. Seit wann macht der sich denn Gedanken über andere?

»Das weiß niemand so genau«, seufzt Irene, »vielleicht ist es wirklich nicht so einfach. Dabei gibt es viele Möglichkeiten, Deutsch zu lernen, es gibt Sprachkurse und Förderangebote, Deutsch als Fremdsprache in der Schule …«

»… und sie könnten deutschsprachiges Radio hören, Fernsehen gucken, sich mit anderen unterhalten«, ergänzt Leon. »Doch stattdessen läuft bei Mo zu Hause nur türkisches Fernsehen. So gesehen ist die Welt für sie dann sehr begrenzt, oder?« Er guckt Ösi an und ich denke, schau einer guck, der hat was kapiert.

»Das trifft aber auch auf deutsche Mitschüler zu«, lenke ich ein. »Deren Wortschatz ist mitunter auch sehr eingeschränkt. Denk doch nur an Schwaderlapps, Dennis ist da wirklich eine Ausnahme.« Mein Klassenkamerad vom Schrottplatz hat wirklich eine sehr nette, aber auch sehr traditionelle Familie, deren rhetorische Redegewandtheit im hessischen Dialekt erstickt und meilenweit von dem entfernt ist, was mein Onkel gerade diskutiert. Mir fällt ein, was Clement gesagt hat: mit Wörtern reden oder von Herzen sprechen. Schwaderlapps sind supernett und zuvorkommend, aber intellektuell gesehen wirklich keine Leuchten.

> Und worauf kommt es nun an?
> Herz, Wort oder beides?
> Schwierig, schwierig!

Weil mir das alles zu kompliziert wird, verziehe ich mich kurz darauf in mein Zimmer und schalte zur Abwechslung meinen Laptop an. Diese Gedanken sind einen Eintrag in meinem Online-Tagebuch *www.sinasblog.de* wert. Natürlich gucke ich auch im SVZ nach, besuche meine Lieblingsforen und beginne im Chat einen Streit mit einem *Speedy* über die richtige Schreibweise von *Rhythmus*. Mag ja sein, dass im Internet eigene Regeln gelten, aber ich finde es doof, wenn keiner mehr aufpasst, *wie* er was schreibt (mal abgesehen vom dem ganzen inhaltlichen Stuss, den manche verbreiten,). *Speedy* beschimpft mich prompt als korinthenkackerig. Er macht sich darüber lustig, dass ich auf Groß- und Kleinschreibung achte, im Gegensatz zu ihm alle Endungen mitschreibe und die Worte nicht verschmelze.
Du bisja lustic, tippt *Speedy*. *Dich kennlernwill, bittelbettelliebguck.*
Na, darauf kann der lange warten! Erstens habe ich dann wieder Stress mit Yannis, zweitens interessiert mich so ein Sprachdilettant nicht und drittens weiß ich ja gar nicht, wer sich wirklich hinter *Speedy* verbirgt. Also checke ich mich aus, fahre meinen Computer runter – und lege mich aufs Bett zum Lesen ...

Im Gegensatz zur direkten Kommunikation hast du im Internet und im **Chat** kein konkretes Gegenüber: Du kannst weder sehen noch riechen noch wahrnehmen, wie der andere auf dich und deine Rede reagiert, du weißt nicht, wer er oder sie ist. Folglich ist es schwierig, den Wahrheitsgehalt zu überprüfen, denn du weißt nie, wer da wirklich mit dir kommuniziert. Denke an deine persönlichen Einstellungen, deinen Nickname, du gibst ja (hoffentlich) auch nicht alles von dir preis. Insofern bewegt sich die Unterhaltung im Internet oftmals nur an der Oberfläche.

Ein anderes Lieblingsthema von Lehrern und Sprachwissenschaftlern ist die Schreibweise im Chat: Umgangssprache wird verschriftlicht, 'Wörter verschmelzen, Endungen werden weggelassen, kurzum, es wird so geschrieben, wie du es hörst. *(Was haste vor, wieda lustich, is doch egal jez.)* Und auch, wenn Emoticons und Akronyme Mimik und Gesten ersetzen und Großschreibung fürs Schreien steht, bist du nicht vor Missverständnissen gefeit, die du in der direkten Kommunikation gleich beheben könntest bzw. die dort gar nicht erst aufkämen.

Andere Länder, andere Schulsysteme

Am nächsten Tag schmollt Yannis immer noch, was meiner Laune nicht zuträglich ist. Als wir dann in PoWi über mangelhafte deutsche Bildungspolitik diskutieren und mal wieder erzählt bekommen, wie toll die finnischen Schulen sind, habe ich endgültig die Nase voll.

> Was kann ich denn dafür?!

Finnland gilt hierzulande hinsichtlich der Bildung als großes Vorbild, weil die finnischen Schüler am besten bei der PISA-Studie abgeschnitten haben. In diesem nordeuropäischen Staat machen 90 % aller Schüler ihr Abitur, Chancengleichheit wird großgeschrieben und Lehrer ist ein angesehener Beruf. Finnische Kinder werden erst mit sieben Jahren eingeschult und gehen neun Jahre auf die Gesamtschule, danach kann, wer will, drei Jahre lang aufs Gymnasium gehen und sein Abitur machen. In anderen europäischen Ländern dagegen, beispielsweise **England,** werden die Kinder bereits mit fünf Jahren eingeschult und durchlaufen Primary School, Comprehensive oder Grammar School. Dort gibt es keine Schulhalbjahre wie bei uns, sondern drei Schulphasen. Außerdem kann man in England nicht sitzen bleiben, weil dort ein Kurssystem gilt. In **Frankreich** wiederum gilt das Prinzip der Ganztags-

> schulen, von der Einschulung mit sechs Jahren bis zum Abitur. In Frankreich gibt es ein Zentralabitur, das in zwölf Fächern abgelegt werden muss.
> In **Deutschland** gibt es nach der vierjährigen Grundschule das dreigliedrige Schulsystem (Hauptschule, Realschule und Gymnasium; in einigen Bundesländern existieren allerdings auch Gesamtschulen). Um mit den Schülern in den Nachbarländern (die, wenn sie einen abiturähnlichen Abschluss machen, zumeist mit 18 fertig sind), mithalten zu können, ist das G8 (also eine verkürzte Gymnasialzeit auf 8 Jahre) eingeführt worden.

Klar fällt dem Wagner nichts Besseres ein, als dass wir ein Referat über die Schulsysteme der anderen europäischen Länder machen sollen.

»Das googele ich heute Abend und gut ist«, meint Milli in der Pause zu mir, während wir eingehakt über den Schulhof schlendern.

»Ich verbringe meine Zeit doch nicht damit herauszufinden, wie andere Schüler zur Schule gehen!« Sie wirft ihre langen Haare zurück und schielt nach Marco, der hinter der Turnhalle verschwunden ist. »Der ist so komisch zurzeit, keine Ahnung, was mit ihm los ist«, vertraut sie mir an, als ich sie fragend angucke. Eigentlich würde ich ihr gerne sagen, dass Referatklauen aus dem Internet ein Plagiat, unehrenhaft und verboten ist, aber nicht zuletzt aus Angst, dass mich wieder jemand korinthenkackerig nennt, halte ich mich damit zurück. Stattdessen quetsche ich sie über Marco aus und höre zu meinem Entsetzen, dass die Eltern Kaiser Stress machen.

»Nur weil er sie nicht höflich gegrüßt hat und auch ansonsten ziemlich lässig daherquatscht«, sagt sie und rollt genervt die Augen. »Dabei habe ich ihm schon ganz viel Dialekt abgewöhnt

Unter »Googeln« versteht man, etwas im Internet mit der Suchmaschine Google herauszufinden. Während vor ein paar Jahren Schüler noch in die Bibliothek gingen, um an Informationen zu kommen, reicht heute vielen der Blick ins Internet. Merke aber: Wer etwas schreibt und veröffentlicht, gilt dem deutschen Grundgesetz nach als **Urheber,** er hat die Rechte an diesem Text. Deswegen darf niemand seine Worte einfach so abschreiben und ohne Nennung der Quelle veröffentlichen, geschweige denn, Geld damit verdienen.

Durch maßgebliche Anonymität im Internet denken jedoch viele, die dort stehenden Texte seien frei, eben weil sich Autoren bzw. Verfasser selten mit ihrem wirklichen Namen einschreiben. Das ist ein Problem! Denn wo es keinen namentlich genannten Urheber gibt, fühlt sich niemand an das Urheberrecht gebunden und keiner findet was dabei, mal eben ganze Passagen à la copy & paste in sein Referat einzubauen. Was Ministern den Doktortiteln nimmt, sollte für dich eine Frage der Ehre sein. Außerdem weißt du nie, ob das, was du da gerade aus dem Netz klaust, inhaltlich auch wirklich stimmt. Deswegen ist es immer wichtig, die Quelle zu kennen, wenn du etwas abschreibst oder zitierst, damit du den Wahrheitsgehalt deines neu erworbenen Wissens auch belegen und nachvollziehen kannst. Denn leider kursieren auf diese Weise viele falsche Behauptungen im Netz ...

und den Knigge mit ihm trainiert. Im Ernst jetzt, ich weiß echt nicht, was sie gegen Marco haben. Ich meine, wenn sie wüssten, wie wir unseren Nachmittag verbringen, dann würde ich sie ja noch verstehen ... Aber davon haben sie zum Glück überhaupt keinen Schimmer.« Sie kichert und läuft rot an. Jetzt verziehe ich genervt die Augenbrauen. Milli und Marco machen kein Geheimnis daraus, dass sie schon lange jede Menge Spaß im Bett haben. Ich fühle mich deswegen manchmal blöd und unter Druck gesetzt, weil es mit Yannis und mir so ganz anders ist. Wir sind auch oft zusammen, liegen stundenlang gemeinsam nebeneinander auf seinem Bett und hören Musik, wir hängen in der Hollywoodschaukel ab, halten Händchen und küssen uns. Aber bis jetzt ist da noch nichts weiter gelaufen, das ein Geheimnis wert wäre. Ich finde das mit uns gut, so wie es ist. Na ja, bis auf unseren Mini-Streit wegen Clement und Oceane, den Yannis nicht vergessen will.

»Vielleicht muss er sich einfach nur ein bisschen Mühe geben, wenn er deine Eltern sieht«, antworte ich. »Er weiß doch, dass sie auf Manieren und gutes Deutsch Wert legen, da sollte er sein Babbel-Hessisch mal für ein paar Momente unterdrücken können …«

»Als ob das so schlimm ist, wenn jemand Dialekt spricht«, mischt sich Julia ein, die zu uns stößt und die letzten Worte mitgehört hat. »Wenn wir Familientreffen in Norddeutschland haben, snacken alle Platt.«

»Klar und jemand wie ich versteht dann nur Bahnhof«, schnaubt Milli. »Wozu? Ich finde weder Hessisch noch Bayerisch toll. Und Plattdütsch versteht auch kein Mensch!«

Ich grinse in mich hinein und muss an meinen Onkel Ösi denken. Wenn der auf Österreichisch lospoltert, versteht kein Mensch, was er sagt.

> »Beim Dialekt fängt die gesprochene Sprache an«
> Johann Wolfgang von Goethe

Dialekte sind Sprachvarianten, die eine Gemeinschaft pflegt und sich gegenseitig daran erkennt. Ein Akzent dagegen meint nur die Sprachfärbung, also Betonung und Sprachmelodie der Aussprache.

Als **Standardsprache** bezeichnet man eine sprachliche Norm in Hinblick auf Grammatik, Rechtschreibung und Stil, die für alle verbindlich ist. Umgangssprachlich sagen wir **Hochdeutsch** dazu.

»Jetzt gib doch nicht so an, nur weil bei euch Hochdeutsch gesprochen wird«, meint Julia.
»Was hat das mit Angeben zu tun?«, nehme ich Milli in Schutz. »Ich finde es auch viel besser, wenn ich verstehe, was gesagt wird. Und eine Standardsprache kapiert nun mal jeder, deswegen gibt es ja den Duden.«
»Und Englisch!«, grinst Milli, als es just in dieser Sekunde klingelt und wir in Mr Marshalls Unterricht müssen.

1880 hat Konrad **Duden** erstmals ein Wörterbuch der Rechtschreibung veröffentlicht, in dem alle Wörter der deutschen Sprache versammelt sind. Da Sprache lebendig ist, erscheint der Duden alle vier bis fünf Jahre in einer überarbeiteten Version, ergänzt durch neue Wörter (*Skateboard* kannte man um 1900 garantiert noch nicht!).

Jemand wie unsere weltgereiste Milli kann nicht ohne Englisch, denke ich, während ich kurz darauf gelangweilt englische Begrüßungs- und Höflichkeitsfloskeln von der Tafel abschreibe. Sie interessiert nicht, dass ebenso viele Menschen Spanisch sprechen und viermal mehr Chinesisch.

»English is international standard«, erklärt Mr Marshall und wechselt, damit es auch wirklich alle verstehen, ins Deutsche: »Es gilt als internationale Verkehrssprache, fast alle Organisationen kommunizieren in Englisch. Ihr tut gut daran, eure Vokabeln und die wichtigsten Redewendungen zu lernen.«

Täusche ich mich oder guckt er gerade mich besonders streng an, weil ich letztens den Test verhauen habe?

»Egal, was ihr später mal als Beruf lernt, welches Fach ihr studiert – wer im Leben Erfolg haben will, muss Englisch sprechen«, fährt er fort. »Ich kann euch hier nur die Grundlagen vermitteln, wenn ihr die Sprache intensivieren wollt, solltet ihr euch beim Schüleraustausch engagieren oder Sprachferien machen. Noch besser, ihr absolviert eines Tages ein zweisprachiges Studium ...«

»Oder reist nach Schottland und züchtet Schafe«, grummelt Abby. Abby, eine »echte« Fraser, die sich sonst was auf ihr traditionelles Karomuster einbildet, liegt mit Mr Marshall im Dauerclinch, weil er ständig ihren schottischen Akzent korrigiert. »Wer redet denn davon, dass wir Karriere nur mit *Oxford English* machen können!«, fügt sie hinzu und blickt herausfordernd in der Klasse umher, nur Kleo nickt. *Soll doch jeder es so machen, wie er denkt*, sagen ihre Augen.

Doch da kommt Milli in Fahrt. »Ich kann das nur bestätigen, was Mr Marshall sagt«, meint sie wichtigtuerisch, »wir werden hier an den deutschen Schulen gar nicht richtig darauf vorbereitet, eines Tages international tätig zu sein. Man denke nur

an Schweden oder Norwegen, da ist Englisch Standard.«
»Und in England und den USA sowieso«, ulkt Juri und Milli streckt ihm die Zunge raus.

> Früher war es das Latein der Römer, heute ist es vorwiegend Englisch, das sich dank der Globalisierung zur **Weltsprache** entwickelt hat und in der Diplomatie sowie bei internationalen Handelskontakten eine wichtige Rolle spielt. Denn durch Kriege, Eroberungen und Kolonialismus verbreiten sich Sprache und Kultur eines Landes. Beispielsweise in Südamerika, das 1492 von Christoph Columbus entdeckt wurde: Die indigene Bevölkerung dort wurde christianisiert und hispanisiert, Spanisch ist nach wie vor die erste Amtssprache. Als indigene Sprachen haben jedoch das Aymara und das Quechua überlebt. Sie gelten heute in Peru und Bolivien als zusätzliche Amtssprachen.

»Dann geh doch auf eine *International School,* wenn dir das so wichtig ist«, ätzt Julia und haut genau damit in Millis wunden Punkt. Die ist nämlich Opfer des Schulstreits ihrer Eltern: Ihre Mutter findet, sie gehöre auf ein Elite-Internat, wo sie von Englisch bis Luxus all das lernt, was moderne Managerkinder heute wissen müssen, um eines Tages selbst ihre Villa und ihren Porsche bezahlen zu können. Ihr Vater dagegen ist der Meinung, Milli solle ihre »Erdung« nicht verlieren, er hätte sich schließlich auch hochgearbeitet und es könne seiner Tochter nicht schaden, wenn sie mit normalen Mädchen wie mir zusammen wäre. Leider, leider ist Herr Kaiser nur viel zu selten zu Hause, um seinen väterlichen Einfluss direkt geltend zu machen ...
»Ich finde das überwertet. Im tiefen Anatolien kommst du mit deinem Oxford English auch nicht weiter«, mischt sich Kleo

energisch ein. »Frag doch mal im Amazonasgebiet auf Englisch nach dem Weg?! Oder in Sibirien ... Und wenn du hier in der Bäckerei arbeiten willst, brauchst du doch auch kein Englisch.« Sie schüttelt den Kopf und redet sich jetzt richtig in Rage. »Und wer sagt denn, dass einer Karriere machen und Topmanager werden *muss*. Kann doch auch sein, dass einer mit weniger zufrieden ist.«
»Und warum hast du dann am Französisch-Austausch teilgenommen?«, frage ich erstaunt.
»Weil mir Französisch Spaß macht! So einfach ist das«, antwortet Kleo schlicht.
»Wieso willst du denn mit weniger zufrieden sein?«, fragt Milli ehrlich verwundert und schüttelt den Kopf. »Und gleich behauptest du noch, du bekommst sowieso ein Kind und bleibst zu Hause! Mensch, Kleo, dir stehen doch alle Möglichkeiten offen! Das wäre doch dumm. Und Englisch gehört eben dazu, auch für Bäcker oder Mütter«, fügt sie mit Nachdruck hinzu.
Mr Marshall hat ganz rote Ohren bekommen vor Aufregung, während er interessiert den Schlagabtausch zwischen meinen Freundinnen verfolgt hat. Mir steht auch der Mund offen, denn über meine Zukunft, ob als Managerin, Mutter oder Bäckerin, habe ich mir noch überhaupt keine Gedanken gemacht!

Das ist noch sooo weit hin!

»Ich finde Englisch auch sehr wichtig«, sagt jetzt Yannis mit einem Seitenblick auf mich. »Wenn einer etwas erreichen will im Leben, gehört Englisch einfach dazu ... wir sollten alles daransetzen, das zu perfektionieren, wie sie es in anderen Ländern, vor allem in Skandinavien oder auch in Holland, tun. Da spricht jeder neben seiner Muttersprache fließend Englisch.

Aber soweit ich weiß, stehen wir im internationalen Vergleich gar nicht so schlecht da, wie immer alle tun ...« Fragend guckt er Mr Marshall an. Doch was immer der antworten wollte, geht im allgemeinen Pausenklingelgetümmel unter. Also packe ich gemütlich meine Sachen zusammen, schiele nach Yannis, der aber einfach – ohne mich zu beachten – abhaut. Dann eben nicht, denke ich traurig, und gehe nach draußen zu meinen Freundinnen.

»Hey, Sina, hast du schon gehört, Pilar hat einen Schüleraustausch organisiert und sucht noch Leute, die mitmachen wollen«, ruft mir Julia aufgeregt entgegen. »Da will ich auf jeden Fall dabei sein! Dich habe ich auch schon in die Liste eingetragen. Morgen in der großen Pause treffen wir uns, weil das jetzt alles ganz schnell gehen muss.«

»Mal langsam.« Ich versuche, ihr zu folgen. »Du meinst, wir sollen allein nach Spanien reisen?«

»Schnellmerker«, grinst sie. »Komm schon, ich weiß, wie sehr du darauf brennst, dort zu sein.«

»Logisch, da fahren wir mit!« Jubelnd falle ich ihr um den Hals.

Julia ist ganz aus dem Häuschen: »Stell dir vor: Alleine in einem fremden Land, ohne deine Eltern, die dir das Colatrinken und lange Ausgehen verbieten ...«

Plötzlich sinkt mir das Herz in die Hose. Genau das habe ich mir in den letzten Wochen so sehr gewünscht, aber genau das macht mir plötzlich große Angst.

Als ich damals mit Grace und den Model-Zwillingen in die Alpujarras gereist bin, war das für mich eher wie Ferien mit ein bisschen arbeiten, da war alles geregelt und vorgegeben, was ich tun sollte. Außerdem war es ein kleines Dorf, überschaubar, idyllisch ... Und Grace war letztendlich wie eine Mutter zu mir, da habe ich mich sicher gefühlt, weil ich sie ja auch so gut kannte und Vertrauen zu ihr hatte. Ich hatte Dunja ... und Vesna. Aber jetzt soll ich mutterseelenalleine in einer fremden Familie leben, auf mich gestellt, in einer Stadt, von der ich nicht weiß, wie groß sie ist. Klar kann ich jederzeit zurück und natürlich sind Pilar und die anderen immer für mich erreichbar. Trotzdem. Ein mulmiges Gefühl im Bauch bleibt.

Es ist etwas anderes!!!

Aus den Augenwinkeln bemerke ich, wie mich Keshini anschaut. Sie ist unglaublich nett, aber auch unglaublich schüchtern. Dabei spricht sie fehlerfrei Deutsch – und Englisch. Im Unterricht macht sie kaum den Mund auf, bei Klassenfahrten und Ausflügen steht sie immer im Hintergrund. Also hat es nicht immer nur etwas mit Sprachkenntnis tun, wenn jemand unsicher ist.
»Das packst du schon, Sina«, sagt sie und lächelt mich aufmunternd an. »Wer, wenn nicht du?«

ZWEITES KAPITEL,
IN DEM SINA VOM REISEFIEBER GEPACKT IST

Austauschrausch

»Wer, wenn nicht du?« Keshinis Worte drehen sich immer noch in meinem Kopf, während ich in der Umkleidekabine nachmittags für das Training meine Basketballschuhe schnüre. Den gesamten Morgen über habe ich mir während des Unterrichts ausgemalt, wie ich als Austauschschülerin durch Spanien reise, wie ich auf Spanisch einkaufe, ins Kino gehe. Und wie ich mich fließend mit den Einheimischen unterhalte und nicht mehr als Touritussi verarschen lassen muss. Ich freue mich riesig – und gleichzeitig frage ich mich, ob ich wirklich so mutig bin und mich alleine in eine fremde Gastfamilie traue. Am Ende vergehe ich vor lauter Heimweh und Einsamkeit und weine stundenlang wie diese Laurence vor mich hin. Was, wenn die Gastfamilie nicht nett ist? Oder der

Gastvater mich betatscht. Oder ich mein Geld verliere und einsam und verlassen mitten in der Großstadt stehe, ohne Handy, weil mir das geklaut wurde ... Aber Keshini hat schon recht, ich bin ja sonst nicht so, vielleicht sollte ich einfach aufhören, darüber nachzugrübeln, schließlich war ich schon mal alleine unterwegs und habe das ganz gut hingekriegt. An Bubión habe ich solch schöne Erinnerungen, die netten Leute im Dorf, der großartige Ausblick von den Bergen bis hin zum Mittelmeer. Und an Mateo, den ich eigentlich vergessen sollte, weil ja Yannis mein Freund ist ...

Ich bin sooo aufgeregt!

Test: Finde anhand der folgenden Checkliste heraus, ob du dich für einen Schüleraustausch eignest. Je mehr Kreuzchen du machen kannst, desto besser!

- ❏ Ich bin eine zuverlässige, engagierte Schülerin.
- ❏ Ich habe viele Freunde, bin gut sozial vernetzt und hilfsbereit.
- ❏ Ich habe gute bis sehr gute Noten im Fach Spanisch/Französisch/Englisch.
- ❏ Mir fällt es nicht schwer, versäumten Stoff nachzuholen.
- ❏ Ich bin anpassungsfähig und flexibel.
- ❏ Ich bin freundlich und kann offen auf Menschen zugehen.
- ❏ Ich leide nicht unter Heimweh.
- ❏ Ich habe Lust auf Projektarbeit.
- ❏ Ich stehe voll und ganz hinter meiner Schule.

»Sina, jetzt pass doch mal auf«, reißt mich die Leineweber aus meinen Gedanken. »Das ist jetzt schon das dritte Mal, dass Billa dich anspielt und du nicht reagierst.«

Erschrocken reiße ich mich zusammen, seufze ein Sorry Richtung unserer Kapitänin, die mich missbilligend anschaut. »Liebeskummer, oder was?«, zischt sie im Vorbeirennen.
Womit sie das zweite Problem des Tages anspricht. Ich habe seit vorhin nämlich richtig, richtig Streit mit Yannis. Diesmal hat er es zu weit getrieben mit seiner Bemerkung, ich würde meine Zeit mit einer »Minderheitensprache« verplempern, die nur in wirtschaftlich schwachen Ländern mit hoher Arbeitslosigkeit gesprochen würde, selbst wenn es eine Weltsprache sei. Ich solle mal genau hingucken, was aktuell in Spanien los sei, über zwanzig Prozent ohne Arbeit und kein wirtschaftlicher Aufschwung in Sicht. Und meine Idee, jetzt auch noch an einem Schüleraustausch mit Spanien teilzunehmen, hält er für das Allerletzte, dann bliebe ja mein Englisch komplett auf der Strecke und spätestens nach der Diskussion beim Marshall hätten mir doch die Augen aufgehen müssen, worum es wirklich geht: Auf dem internationalen Arbeitsmarkt sei man konkurrenzfähig *nur mit Englisch*.
»Wirst schon sehen, was du davon hast«, hat er mich angemacht und den Kopf geschüttelt über so viel Unverständnis meinerseits. »Spanisch zu lernen – das ist vielleicht witzig und cool, aber langfristig bringt dir das gar nichts. Denk mal an deine Zukunft.«
»Kann dir doch egal sein, was geht dich das an!«, habe ich zurückgeschrien, ich bin wirklich laut geworden, denn seine abfälligen Bemerkungen in letzter Zeit über alles, was mit mir, Sprache und Schüleraustausch zu tun hat, gehen mir wirklich

auf den Zeiger. Blöderweise hat sich dann auch noch Milli eingemischt, weshalb ich jetzt nicht nur mit Yannis verkracht bin, sondern auch mit ihr.
»Meine Meinung zu Spanisch kennst du, so einen Austausch braucht kein Mensch! Spar dir die Zeit und lerne lieber intensiv für deinen nächsten Vokabeltest. Noch eine Fünf und du kannst deine gute Englischnote knicken«, hat sie achselzuckend behauptet. Vor Empörung ist mir glatt die Spucke weggeblieben.

> Wissen denn meine Freunde immer noch nicht,
> dass ich trotzig sein kann?! Jetzt erst recht!

Kurz darauf hat mich Julia belagert und mich mit ihrer Begeisterung für die Spanischreise derart mitgerissen, dass ich keine Gelegenheit hatte, Milli und Yannis ernsthaft meine Meinung zu geigen. Aber das werde ich nachholen, das verspreche ich, so wahr ich Sina Rosenmüller heiße!
»Endlich ein paar Tage weg von zu Hause«, hat Julia gesagt, »du glaubst ja gar nicht, welchen Stress wir zurzeit mal wieder wegen Ashley haben. Seit sie nicht mehr zu den *Spektralen* geht, hat sie sich so einer Punker-Clique angeschlossen.«
Dazu muss man wissen, dass Sorgenkind Ashley es endlich geschafft hat, von ihren Drogen- und Alkoholproblemen loszukommen. Dafür ist sie bei dieser Sekte ein- und ausgegangen, deren Guru aber in einer spektakulären Aktion festgenommen wurde, weil er verfassungsfeindlich agiert hat. Auch Julia trifft sich nach wie vor mit seinen ehemaligen Anhängern, sie hat mir lange Zeit nicht verziehen, dass ich maßgeblich für die Festnahme von Shivowanati Murutikeya verantwortlich war (aber das ist eine andere Geschichte).

Mitleidig guckte ich Julia an, Püttners Familientrouble wünsche ich niemandem. Uns verbindet seit Jahren eine konstante Hassfreundschaft, mir geht ihre Streitsucht auf den Geist, sie wiederum neidet mir mein sorgenfreies Dasein – und Yannis, in den sie wie alle Mädchen aus der Klasse verliebt war (oder ist).
»Das Gute daran ist«, erzählte Julia weiter und kicherte, »dass Ashley plötzlich Tierärztin werden will. Sie büffelt gerade wie eine Irre und will doch noch ihr Abi machen.«
»Was? Sag das noch einmal?« Verblüfft habe ich sie angeschaut.
BONG!!! In diesem Moment trifft mich der Basketball hart an der Schläfe und haut mich auf den Boden.

> Ich sehe lauter Sternchen … bin ich ohnmächtig?
> BIN ich überhaupt noch?

Ich komme wieder zu mir, als mich ein Schwall Wasser im Gesicht trifft.
»Geht's noch?«, fauche ich. »Ich habe heute schon geduscht.« Empört richte ich mich wieder auf und tupfe mich mit dem T-Shirt trocken.
»Hauptsache du bist wieder wach!« Eine besorgte Frau Leineweber geht neben mir in die Hocke, Billa neben ihr mit einer leeren Flasche in der Hand grinst mich an.
»Sina, Mädchen, was ist nur los mit dir, so kenne ich meine Top-Spielerin ja gar nicht! Am besten gehst du dich sofort umziehen und verschwindest. Noch einen K.-o.-Schlag kann ich hier nicht dulden.« Frau Leineweber klopft mir aufmunternd auf die Schulter, ein schriller Pfiff trommelt die anderen Mädchen zu einem Passtraining zusammen – ich bin entlassen. Noch immer völlig benommen rappele ich mich auf die Beine, gestützt von Kleo.

»Jetzt mach dir doch nicht wegen des Schüleraustauschs solche Sorgen, du musst ja nicht mit«, versucht sie, mich zu beruhigen, die als meine ehemals beste Freundin natürlich sofort geschnallt hat, was mit mir los ist. Sie macht Frau Leineweber ein Zeichen, dann begleitet sie mich in die Umkleidekabine. »Ich hatte gedacht, du freust dich drauf …«

»Das ist es ja gar nicht«, schniefe ich und reibe meine Schläfe. Wer immer von meinen Mitspielerinnen hier eine auf Nowitzki gemacht hat, hatte Power, ohne Frage.

»Aber was ist es dann?« Kleo guckt mich fragend an. »Doch nicht etwa, weil Yannis und Milli anderer Meinung sind?«

»Mmmh.« Missmutig packe ich meine Trainingsklamotten zusammen. Ich fühle mich hundeelend und habe Kopfweh.

Habe ich eine Gehirnerschütterung?

Da lacht sie plötzlich frei raus und ich weiß nicht, was an meinem Elend so lustig ist. »Wenn's weiter nichts ist. Lass dich von denen doch nicht ins Bockshorn jagen, du bist doch sonst nicht so.«

Und dann erzählt sie mir, was sie von all dieser Globalisierungs- und Internationalisierungsdebattenkacke hält und dass sie keine Lust hat, sich von irgendwelchen Kapitalisten instrumentalisieren zu lassen, die denken, Geld und Englisch beherrschen die Welt.

Ich höre ihr nur mit halbem Ohr zu, denn was mich eigentlich die ganze Zeit über quält: Was werden meine Eltern dazu sagen, wenn ihre Tochter diesmal an einem »richtigen« Schüleraustausch teilnimmt und mit ihren vierzehn Jahren für vierzehn Tage alleine in die Ferne reist. Ohne Ersatzmama und Ersatzgeschwister. Werden sie es erlauben?

Nach einer unruhigen Nacht mit viel Nachdenken und Magengrummeln kann ich es am nächsten Tag kaum erwarten, dass es zur großen Pause klingelt und wir wie verabredet Pilar im Spanischraum treffen. Aufgeregt ruckele ich auf meinem Stuhl hin und her, sodass Milli ein entnervtes »*Jetzt sitz doch mal endlich still*« schnaubt. Gestern Abend noch hat sie bei mir angerufen und sich bei mir entschuldigt, sie fände Spanisch schon eine tolle Sprache und so, aber sie sei durch ihre Eltern nun mal anders geprägt, ich müsse das verstehen. Also haben wir uns wieder vertragen und endlos gequatscht, über Yannis, über Marco, über uns, Flatrate sei Dank. Sie hat mich davon überzeugen können, meinen Eltern erst mal so lange nichts zu verraten, bis ich konkrete Termine und Preise hätte.

»Sonst denken sie Nein, bevor du überhaupt etwas sagen kannst«, hat sie mir empfohlen und wir haben uns noch eine Weile über Eltern-Überzeugungs-Strategien im Allgemeinen und im Besonderen ausgetauscht. Sie hat nämlich vor, mit Marco gemeinsam an einer Jugendreise nach Mexiko teilzunehmen, aber das werden ihr ihre Eltern aus zwei Gründen nicht erlauben: Erstens weil es keine Fünf-Sterne-Reise sein wird und zweitens weil Marco im Nebenzimmer schläft. (Offiziell – in echt werden die beiden hundertpro ein Zimmer teilen.)

> Meine Eltern würden als Erstes nach den Kosten fragen!!!
> Apropos: Wo hat Marco das Geld her?!

Endlich sitzen wir dann im Spanischraum und warten auf Pilar, die ihre üblichen drei Minuten zu spät kommt, sie besitzt wirklich eine abartige Gelassenheit in manchen Dingen. Eine waschechte Spanierin eben. Möglichst unauffällig sehe ich mich um, wer alles an dem Schüleraustausch interessiert ist: Alle

»Spanier« aus meiner Klasse sind hier: Julia, Charlotte, Jolina, Juri und Sebastian, aus den Parallelklassen Elena, Pia, Mareike, Hanna, Leon, Jonas, Daniel, Tim und noch ein paar, mit denen ich nicht so viel zu tun habe.

»Buenos días, muchachas y muchachos«, begrüßt Pilar uns gut gelaunt und wirbelt in die Klasse. »Ich freue mich, dass ihr alle gekommen seid, denn ich habe gute Nachrichten für euch.« Freundlich nickt sie in die Runde und quasselt los, diesmal auf Deutsch. »Wie ihr wisst, arbeite ich seit einiger Zeit mit Hochdruck daran, einen deutsch-spanischen Schüleraustausch zu organisieren ... viele Hürden waren zu nehmen, nicht zuletzt brauchte ich die Einwilligungen der Schulleitung hier wie dort, aber jetzt steht das Programm! Und bevor die Herren sich das wieder anders überlegen, starten wir noch in diesem Halbjahr! In knapp vier Wochen geht es los, Anfang Mai, der Gegenbesuch findet im September statt. Na, was meint ihr, wo geht es hin?«

Sie zeigt auf dem Smartboard eine Karte der Iberischen Halbinsel.

»Hast du einen Tipp?« Sie guckt die blonde Mareike auffordernd an.

»Madrid«, meint diese. »Wennschon, dann in die Hauptstadt.«

Pilar grinst. »No, querída mía, das ist eine Nummer zu groß für uns. Der Nächste ...«

»Salamanca«, sagt Sebastian. Pilar schüttelt den Kopf.

»Barcelona, Valencia, Sevilla ...« Ein wahres Städtequiz bricht los.

»Bestimmt reisen wir in so ein Kuhkaff«, stöhnt Julia und sieht aus, als würde sie die Teilnahme an dem Austausch jetzt schon bereuen. »Irgendwo tief im Landesinneren, wo niemand jemals was von iPods und Skypen gehört hat ...«

»Damit liegst du gar nicht so falsch«, grinst Pilar. »Es ist eine kleine Stadt, ländliche Gegend, aber inmitten bester Infrastruktur ... auf einer Insel ...« Sie lässt den Pointer auf der Karte hin und her kreisen und wir halten es vor Spannung kaum noch aus.
»Mallorca!«, ruft Juri begeistert und Pilar nickt.
»Si, Señor, wir reisen nach Mallorca.«
Allgemeiner Jubel bricht aus, aber mir stehen die Tränen in den Augen. Was will ich denn auf *Malle*, Insel der Ballermänner, Bettenhochburgen und Pauschaltouris? Ein Blickwechsel mit Julia und Sebastian reicht aus und wir sind uns einig: Dann findet der Austausch leider ohne uns statt.
»Sina, no te preocupes«, meint Pilar, die meine Enttäuschung bemerkt hat. »Mallorca ist eine wunderschöne Insel und hat viel mehr zu bieten als das, was wir gemeinhin vom Fernsehen kennen ...« Sie zeigt ein paar Bilder aus dem Landesinneren, Olivenhaine, traumhafte Badebuchten, kristallklares Wasser, lange Strände, die Kathedrale von Palma ...

Wunderschön!!!

Diesmal ein erleichterter Blickwechsel mit Julia und Sebastian und die Sache ist geritzt, allgemeiner Jubel bricht los.
»Hier habe ich einige Infozettel«, sagt Pilar, als wir uns alle wieder beruhigt haben. »Lest sie euch in Ruhe durch, besprecht euch mit euren Eltern und bringt sie

so schnell wie möglich unterschrieben wieder mit, spätestens Ende der Woche muss ich die Flüge buchen … bis es losgeht, gibt es noch viel zu tun.«

Es klingelt, die Pause ist zu Ende. Am liebsten würde ich die nächste Stunde bei Mr Marshall schwänzen, aber das kann ich mir beim besten Willen nicht leisten. Nicht, wenn ich an dem Schüleraustausch teilnehmen will, nicht, wenn ich in Englisch in diesem Halbjahr keine Fünf kassieren will.

Natürlich kann ich mich überhaupt nicht auf den Unterricht konzentrieren, Pilars Zettel brennen in meiner Hand und ich kann es kaum erwarten, sie heute Abend meinen Eltern zu präsentieren. Was die wohl dazu sagen, dass ihre Tochter nach Mallorca reist, mitten im Schuljahr, im wunderschönen Wonnemonat Mai?

»Das kommt ja wohl nicht infrage«, ist das Erste, was ich von meiner Mutter zu hören bekomme, als ich ihr von meinen Plänen berichte. Mir fällt glatt alles aus dem Gesicht, ich habe mit allen möglichen Bedenken gerechnet, aber nicht, dass sie mir von vorneherein gleich alles verbieten will.

»Mal eben vierhundert Euro, wie stellst du dir das denn bitte vor?«, fragt auch mein Vater.

»Es sind nur dreihundertfünfzig«, wage ich einzuwenden, aber da poltert er erst richtig los.

»Vierhundert, dreihundertfünfzig, das ist jede Menge Geld für mal eben vierzehn Tage Spaßtour, nach Mallorca.« Papa schüttelt den Kopf. »Und als Nächstes fliegt ihr in die Dominikanische Republik.«

»Aber das ist doch ganz anders, als du denkst.« Jetzt habe ich mich wieder berappelt, atme tief durch. »Wir fahren doch nicht nach Mallorca, um Ferien zu machen. So einen Schüleraustausch macht man doch nicht zum Spaß!«

»Nicht?« Mein Vater guckt belustigt, er hat sich wieder beruhigt. »Und wieso willst du dann dahin?«
»Sprachkompetenz in authentischen Kommunikationssituationen erweitern, die sozialen, wirtschaftlichen und politischen Besonderheiten des Landes kennenlernen ... reisen bildet, das sagt Onkel Ösi auch immer«, zähle ich auf. Gut, dass ich den Info-Zettel so ausführlich studiert habe ...

> Wenn das mal
> keine Argumente sind!

»Außerdem sind wir in Gastfamilien untergebracht, gehen mit unseren Gastbrüdern und -schwestern zur Schule, machen Ausflüge – und müssen an einem interkulturellen Projekt teilnehmen. Und hinterher einen Bericht schreiben, den wir ins Internet auf die Homepage der Schule stellen. Jetzt sag du noch mal, das sei Spaß!«
Erwartungsvoll gucke ich meinen Vater an. Ich fühle mich ziemlich erwachsen und vernünftig, wie ich da so kompetent argumentiere. Mama hat sich in der Zwischenzeit aufmerksam die Infoblätter durchgelesen.
»Hört sich sorgfältig geplant und organisiert an«, muss sie zugeben, als sie sie an Papa weiterreicht. »Aber du alleine, so weit weg in der Fremde. Was da alles passieren kann! Mir ist gar nicht wohl bei dem Gedanken. Und diesmal fährt keine Grace mit, die auf dich wie eine Mutter aufpasst.« Mama seufzt und fährt sich durch die Haare.
»Mensch, Mama, das ist M-A-L-L-O-R-C-A und nicht Ägypten«, buchstabiere ich, obwohl ich selbst ja die gleichen Bedenken habe, aber das darf ich mir jetzt nicht anmerken lassen. »Da ist es deutscher als deutsch und nicht die Bohne gefährlich.«

Dass uns Pilar gleich davor gewarnt hat, wegen Diebstahlgefahr allzu teure Luxusgegenstände wie Uhren oder iPods und nicht mehr als hundert Euro Taschengeld mitzunehmen, verschweige ich lieber. Wer weiß, ob ich überhaupt Taschengeld bekomme? Ob ich überhaupt mitdarf …?

»Ich bleibe dabei, ich finde das übertrieben. Wieso reist ihr nicht in ein solides Städtchen auf dem Festland, im Norden. Muss es ausgerechnet Mallorca sein?«, fängt Papa wieder damit an und jetzt kapiere ich endlich, welches Problem er hat. Also erkläre ich ihm das, was uns Pilar über die Insel erzählt hat, über ihr schlechtes Touri-Billig-Image einerseits und ihre wunderschönen Buchten und Landschaften andererseits. Hätte Pilar mal ihren Infoblättern noch ein paar Fotos beigefügt, dann müsste ich mir hier nicht den Mund fransig reden.

»Ob ich nach Mallorca oder Barcelona fliege, bleibt sich außerdem preislich gesehen fast gleich«, sage ich. »Und wir sind weit weg vom Ballermann, in einer Stadt namens Pollença, im Nordosten der Insel.«

»Trotzdem, vierhundert Euro plus Taschengeld, das ist eine satte Rechnung, die haben wir nicht mal eben auf der Kante. Deine Model-WG damals mussten wir ja wenigstens nicht bezahlen«, seufzt Mama. »Darüber muss ich mit deinem Vater noch einmal in Ruhe sprechen. Und darüber, ob wir dich einfach so mit der Schule ins Ausland reisen lassen können, schließlich bist du noch keine Sechzehn.«

> Wieso müssen Eltern immer den sorgenvollen
> Erziehungsberechtigten raushängen lassen,
> wenn sie nicht weiterwissen?!
> Pah, aber ich kann auch anders!

Weil ich mit meiner sachlichen Vernunfts-Argumentations-Diskussion nicht weiterkomme, setze ich meinen Bittelbettelblick auf, dem Papa meistens nicht widerstehen kann.

»Bitte, bitte, ich würde schrecklich gerne mitfahren, das ist die Gelegenheit, alle fahren mit. Außerdem profitiert meine Spanischnote davon und die Reise wird im Zeugnis vermerkt«, sage ich.

»Wir werden sehen«, ist alles, was ich an diesem Abend zur Antwort bekomme, aber da weiß ich schon: Gewonnen!

Sicher ist sicher

Ich hocke in meinem Zimmer inmitten lauter Reiseführer, Bildbände und Broschüren aus der Stadtbibliothek, wo ich mich mit allen möglichen Informationen über Mallorca eingedeckt habe – nachdem meine Eltern nach einer endlosen Diskussion und einem noch endloseren Telefonat mit Pilar schließlich grünes Licht für meinen Schüleraustausch gegeben haben.

»Drei Bedingungen«, hat Papa mit seiner ernsten Vertriebsleiterstimme gesagt, die keinen Widerspruch duldet. »Erstens keine Auffälligkeiten bis zur Reise, zweitens keine Vernachlässigung deiner anderen Fächer und drittens kümmerst du dich um das Taschengeld bitte selbst. Wenn du willst, können wir dir etwas vorstrecken.«

Jubelnd bin ich ihm um den Hals gefallen. Wenn es weiter nichts ist, diese Bedingungen erfülle ich gerne! Das Taschengeld liegt doch schon auf meinem Konto parat. Ich habe doch bei dieser City-Marketing-Kampagne schon mein eigenes Geld verdient und mir damals doch bereits vorgenommen, dieses Geld für eine Spanienreise zu verwenden. Hipp-hipp-hurra – also alles im grünen Bereich.

Weil Wochenende ist und weder Yannis noch Milli sich blicken lassen, habe ich beschlossen, mich voll und ganz meinem Inselthema zu widmen, sicher ist sicher. Also war ich in der Bibliothek, um mich mit entsprechenden Büchern einzudecken.

»Jetzt lass das doch auf dich zukommen, Sina, du bist doch sonst nicht so«, hat Kleo grinsend gemeint, als sie mich zufällig mit meiner Büchertüte unterm Arm vorm Luisenbrunnen getroffen hat. Sie kam gerade mit Ambra vom Hundeplatz.

»Lass mich doch, ich habe Spaß daran«, habe ich geantwortet. »Außerdem bin ich wirklich neugierig auf die Gegend, nach all dem, was Pilar uns erzählt hat.«

Begeistert blättere ich jetzt in dem prachtvollen Bildband, lasse mich mitreißen von den tollen Tauchfotos in der Bucht vor Formentor und staune über die Ausmaße der Kathedrale von Palma.

==Die Rosette an der Ostseite hat eine Fensterfläche von rund 100 m², lese ich, das ist fast so groß wie unser Garten!==

Auch meine Eltern lassen sich von meinem Reisefieber anstecken. Neugierig blättert Mama durch die Reiseführer, als sie nach dem Mittagessen ihre Kaffeepause auf dem Sofa macht.

»Sieht wirklich toll aus! Vielleicht machen wir ja auch mal Urlaub dort. Fincaferien, zum Beispiel.«

»Och nö, das ist doch langweilig«, mault Leon. »Lieber was mit Strand, zum Kiten und Schnorcheln.«

»Da gibt's doch hoffentlich keine Haie?«, fragt Mama jetzt.

»Höchstens Seeigel zum Reintreten und zu viel Sonne für einen Sonnenstich …«, grinst Papa. »Und am besten lässt du dich gegen Mallorca-Akne impfen!«

»Pilar hat gesagt, im Gegensatz zu anderen Fernreisen brauchen wir für Mallorca keinen speziellen Impfschutz!«, antworte ich.

Sag ich doch, ich bin gut informiert. Von Mallorca-Akne habe ich noch nie gehört, aber wenn das etwas Ansteckendes ist, werde ich mich wohl sicherheitshalber impfen lassen.

Normalerweise entwickelt dein Körper einen guten Immunschutz gegen die Keime, Viren und Bakterien in deiner Umgebung. Gegen Krankheiten, die einen gefährlichen Verlauf nehmen können, wie beispielsweise Masern, Tetanus, Diphterie, Kinderlähmung oder Frühsommermeningitis, kannst du dich impfen lassen. Diese Impfempfehlung gilt auch für die meisten europäischen Länder.

Für Fernreisen nach Asien, Afrika, in die Karibik oder nach Südamerika gelten andere Bestimmungen, weil dies u. a. malaria-, gelbfieber- oder tollwutgefährdete Gebiete sind. Hier solltest du dich vor Reiseantritt rechtzeitig und gründlich bei einem Reisemediziner informieren und dich entsprechend impfen lassen. Der beste Schutz vor ansteckenden Krankheiten ist nach wie vor regelmäßiges und gründliches Händewaschen. Und in Ländern, die für ihre schlechte Wasserqualität bekannt sind, gilt die Grundregel aller Globetrotter: nur abgekochtes Wasser verwenden, Essen entweder kochen, braten, schälen – oder vergessen!

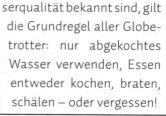

»Da wäre ich mir nicht so sicher«, grinst Papa und ich denke: Was ist daran so lustig? Später beim Googeln kapiere ich dann, dass er mich veräppeln wollte: Mallorca-Akne ist eine fiese allergische Hautreaktion auf Sonne!

Mallorca-Akne, Sommer-Akne oder auf gut Deutsch ein Sonnenekzem entsteht als Reaktion der Haut auf unvorbereitete Sonneneinwirkung, insbesondere der UVA-Strahlen. Fetthaltige Cremes und Schweiß begünstigen den stark juckenden Hautausschlag, der von Patientin zu Patientin (meist sind nur junge Frauen betroffen) unterschiedlich aussehen kann: kleine Knötchen, dicke Papeln, fette Placken ... Im Notfall helfen Antihistaminika oder kortisonhaltige Cremes (gegen den Juckreiz) und sofortiger Verzicht auf Sonne! Vorbeugend kannst du mindestens sechs Wochen vor Sonnenaufenthalt Betacarotin-Präparate (Apotheke) einnehmen und deine Haut bereits langsam an die Sonne gewöhnen. Auf alle Fälle aber solltest du auf fetthaltige Sonnencremes verzichten. Wenn du zu Sonnenallergie und empfindlichen Hautreaktionen neigst, lass dich am besten von einem Hautarzt oder in der Apotheke ausführlich beraten.

Na, da fange ich doch am besten gleich damit an, meine Haut vorzubereiten. Sorgfältig eingecremt und mit einer Sonnenbrille auf der Nase setze ich mich auf unsere Terrasse und mach mir, gründlich wie es nun mal meine Art ist, eine Checkliste.

Checkliste
Vor der Reise zu erledigen:
- Gültigkeit Personalausweis/Reisepass überprüfen
- EC-Karte/Reisechecks besorgen
- Kofferanhänger vorbereiten
- Ausweise kopieren und Sperrnummern notieren
  (für alle Fälle, erleichtert Wiederbeschaffung)
- Schutzimpfungen überprüfen
- Auslandskrankenschein besorgen

- Reiseapotheke zusammenstellen
- Handy auf Auslandstauglichkeit checken und gegebenenfalls aufrüsten
- --
- --

Außer den üblichen Klamotten und Hygieneartikeln sollen wir auch einen Auslandskrankenschein mitnehmen. Was ist das nun schon wieder?

Für Reisen ins europäische Ausland ist ein sogenannter **Auslandskrankenschein** üblich. Das ist ein Formular deiner Krankenkasse, das du jedem Vertragsarzt bzw. Krankenhaus ähnlich deiner Versicherungskarte vorlegst, solltest du im Ausland medizinische Hilfe benötigen. Es kann dir allerdings passieren, dass dieser Schein von dem behandelten Arzt nicht anerkannt wird und du nur die Leistungen erhältst, die das dortige Sozialsystem vorsieht – was sehr wenig sein kann, denn viele Zusatzleistungen werden im Ausland durch zusätzliche, private Versicherungen erkauft. Außerdem musst du so oder so in Vorleistung treten und kannst erst hinterher den Betrag mit deiner Krankenkasse abrechnen. Hier wiederum musst du damit rechnen, dass du nicht die volle Höhe zurückerstattet bekommst, weil nur der in Deutschland übliche Satz verrechnet wird ...

Schau dir mal deine Versicherungskarte (»Gesundheitskarte«) genau an. Viele Krankenkassen haben dort die für die EU notwendigen Daten aufgedruckt. Wenn du diese Karte dabeihast, gilt sie wie ein Auslandskrankenschein bzw. als eine »Auslandskarte«.

»Ich werde eine Auslandskrankenversicherung für dich abschließen«, meint Papa, als ich ihn daraufhin anspreche. »Das ist die sicherste Variante, sollte dir wirklich etwas zustoßen. So teuer sind die nicht – und deine Gesundheit ist uns das allemal wert.« Und er textet mich mit dem schrecklichen Unfall eines Kollegen zu, der in Kroatien beim Mountainbiken schwer gestürzt ist und dank seiner Versicherung zur medizinischen Behandlung mit dem Hubschrauber nach Deutschland ausgeflogen werden konnte. Atemlos folge ich seinem Bericht.

> Der Abschluss einer zusätzlichen **Auslandskrankenversicherung** kann sinnvoll sein, weil hier zusätzliche Leistungen erbracht werden wie Krankenrücktransport, ambulante wie stationäre Krankenhausaufenthalte, Zahnarztbehandlungen, Personen-Bergung oder Telefonkosten. Diese deckt eine übliche Krankenversicherung im Ausland in der Regel nicht ab bzw. diese Kosten werden nicht erstattet.
> Die Kosten für eine Auslandskrankenversicherung belaufen sich für eine Einzelperson auf rund 10,- Euro im Jahr – für rund 20,- Euro kann sich eine ganze Familie versichern lassen, der Versicherungsschutz gilt weltweit, jedoch meist nur in den ersten 45 Tagen, ist also auf den Zeitraum von Urlaubsreisen beschränkt; bei einem längeren Auslandsaufenthalt solltest du dich ggf. noch einmal gesondert absichern.

»Heißt das am Ende, woanders sind Krankenhäuser nicht so gut wie bei uns?«, frage ich.
Sofort ploppen wieder meine Unfallerinnerungen und der Krankenhausgeruch hoch: Wie ich damals auf der Intensivstation lag und es nicht sicher war, ob ich jemals wieder richtig gesund würde.

Ich will nie wieder in ein Krankenhaus, schon gar nicht in ein schlechtes.

»Na ja«, räuspert er sich, weil ihn natürlich auch die Erinnerung plagen. »Es kommt immer darauf an, auch hier kannst du Pech haben und landest bei einem, der keine Ahnung hat oder völlig übermüdet ist ... aber man kann schon sagen, dass das Gesundheitssystem im Ausland lange nicht so ausgereift ist wie hier bei uns, das fängt beim Notruf an und endet bei den hygienischen Zuständen.« Er zuckt mit den Schultern. »Aber was Mallorca betrifft, da mach dir mal keine Sorgen, du hast ja selbst gesagt, das ist deutscher als deutsch ...«

> **112** – das ist die Notrufnummer! Selbst ohne Vorwahl, gesperrte Handytasten und fehlendes Funknetz, unter dieser Nummer erreichst du immer Hilfe. Seit 1991 gilt die 112 als **Euronotruf** innerhalb der gesamten EU und in einigen weiteren europäischen und nichteuropäischen Ländern.

Daran will ich lieber nicht denken!

Schnell wische ich die Gedanken an mögliche Unfälle und Katastrophen weg, ich habe keine Lust, mir die Reise vermiesen zu lassen. Häkchen dran und gut ist. Der nächste Haken gilt meinem Pass. Für Mallorca benötige ich keinen Reisepass, mein Personalausweis reicht, weil ich innerhalb Europas reise. Doch wie sich herausstellt, besitze ich nur einen abgelaufenen Kinderausweis mit einem oberpeinlichen Kleinkind-Sina-Foto. Also schreibe ich auf:

Personalausweis beantragen und biometrisches Foto machen.

> Den alten Kinderausweis gibt es nicht mehr, trotzdem sind die im Umlauf befindlichen Kinderausweise noch bis zum Ablaufdatum gültig. An dessen Stelle ist der Kinderreisepass für Kinder zwischen 0 und 12 Jahren getreten, der sechs Jahre gültig ist und mit einem neuen Foto verlängert werden kann. Bist du über 12 Jahre alt, brauchst du einen **Personalausweis.** In Deutschland sind alle Staatsbürger ab Vollendung des 16. Lebensjahrs verpflichtet, einen Personalausweis zu besitzen, du musst ihn jedoch nicht immer bei dir tragen.
>
> Um einen Personalausweis zu beantragen, musst du Folgendes tun:
>
> ❏ Mit deinen Eltern/dem Sorgeberechtigten zum Einwohnermeldeamt/Bürgeramt/zur Einwohnerdienststelle gehen.
>
> ❏ Ein aktuelles biometrisch lesbares Passfoto von dir (Größe: 3,5 x 4,5 cm ohne Rand, einfarbiger heller Hintergrund) mitbringen, am besten vom Profi machen lassen.
>
> ❏ Deine Geburtsurkunde oder den abgelaufenen Ausweis vorlegen.
>
> Die Bearbeitungszeit für den Bundespersonalausweis kann bis zu vier Wochen dauern. Die Kosten für einen Ausweis liegen bei 22,80 EUR. Er ist sechs Jahre gültig.

»Na, dann kann ja nichts mehr schiefgehen«, meint Julia, als wir uns später bei einem Eisbecher in Antonios Eiscafé über meine Checkliste austauschen. »Außer dass wir bei einer total schnarchigen Gastfamilie landen.«

»Mach mir keine Angst.« Ich winke Antonio senior zu, der mit einem Espresso und seiner *Gazetta* am hinteren kleinen Tischchen sitzt. Vor vielen, vielen Jahren ist er mit seiner Familie hier in Deutschland eingewandert und war einer der Ersten, die hier eine Eisdiele eröffnet haben. Regelmäßig im Winter hat er den

Laden geschlossen und ist in sein Heimatdorf in die Dolomiten gereist, wo er sich vom stressigen Sommergeschäft erholt hat. Mittlerweile bewirtschaften seine Söhne und Enkelsöhne das Eiscafé auch im Winter. Obwohl er schon ein Vierteljahrhundert hier lebt, ist sein Deutsch nicht besonders gut, auch seine Frau Maria spricht nicht besser. Das finde ich bemerkenswert. Wenn ich im Ausland leben würde, wäre es mir ein großes Anliegen, mich so perfekt wie möglich auszudrücken.

»Angeblich hat Pilar Schwierigkeiten, Gasteltern zu finden«, macht Julia trotzdem weiter. »Dabei habe ich mir solche Mühe gegeben, diesen Fragebogen auszufüllen, damit sie möglichst viele Übereinkünfte finden kann. Bei uns haben sich zwanzig Schüler angemeldet, so viele Austauschschüler musst du erst mal finden. Aber zur Not können wir ja zu zweit in eine Familie gehen, dann sind wir wenigstens nicht alleine.«

»Du spinnst ja«, meine ich und checke mein Handy. Immer noch keine Antwort-SMS von Yannis. Dabei habe ich ihn vorhin gefragt, ob wir morgen gemeinsam eine Fahrradtour am Main mit Picknick machen wollen. Ein Vorschlag, zu dem er sonst immer Ja sagt …

»Bei Ashley war das so. Da sind welche sogar zu dritt in einer Familie gewesen«, sagt sie. »Mensch, Sina, das kann doch ganz praktisch sein, wenn eine nicht weiterweiß, kann die andere für sie einspringen.«

»Ach Quatsch, das wird schon auch alleine irgendwie klappen«, sage ich und versuche, zuversichtlich zu klingen. Ganz so sicher bin ich mir allerdings nicht: Ich, ganz alleine in einer fremden Familie zu Gast, und kann womöglich nicht sagen, dass ich den landestypischen Eintopf mit Schweinsohren nicht probieren möchte …

»Außerdem: dann lernen wir ja gar nicht richtig Spanisch sprechen, wenn wir uns die ganze Zeit über nur auf Deutsch unterhalten«, füge ich hinzu.

»Du wieder«, findet Julia und verdreht die Augen. »Kannst dir ja dort einen spanischen Freund zulegen, dann holst du das wieder auf.« Sie grinst mich an.

»Und Yannis kann ich dann komplett vergessen, oder was?« Ich weiß nicht, ob ich wegen ihm wütend oder traurig sein soll. Einerseits finde ich sein Verhalten total kindisch und egoistisch. Er kann mir doch nicht einfach so seine Meinung überstülpen wollen und dann beleidigt sein, weil ich einen anderen Standpunkt habe. Das muss er akzeptieren! Andererseits macht es mich sehr traurig, dass er sich einfach so von mir zurückzieht, meine Interessen nicht achtet und meine SMS ignoriert. Dabei hätte ich nicht den ersten Schritt zur Versöhnung machen müssen …

»Vielleicht passt ihr doch nicht richtig zusammen«, sagt Julia und schaut sinnierend aus dem Fenster. »Alle denken, ihr seid das Dreamteam schlechthin, aber ihr seid so unterschiedlich veranlagt. Ich muss es schließlich wissen, ich kenne euch beide schon so lange.«

»Ach ja?«, schnaube ich zurück. Schlitzig starre ich sie an. Kann ja sein, dass Yannis und ich unterschiedlich sind. Und ich finde, es darf auch in den besten Beziehungen mal vorkommen, unterschiedlicher Meinung zu sein. Was halt sehr, sehr schade ist, dass wir uns offensichtlich unterschiedlich entwickeln und nicht gemeinsam. Und dass er nicht bereit ist, *meine* Meinung zu akzeptieren.

> Die Frage ist:
> Was geht Julia das alles an?

Da fällt es mir wie Schuppen aus den Haaren: »Du bist immer noch in ihn verknallt, stimmt's?«, sage ich ihr auf den Kopf zu. Prompt verschluckt sich Julia an ihrer Amarenakirsche und bekommt einen grässlichen Hustenanfall.

> **Wenn das mal keine eindeutige Antwort ist!**

Am Montag in der Spanischstunde habe ich vor Aufregung Durchfall und mache mir beinahe in die Hose. Pilar hat endlich sämtliche Austauschschüler zusammengepuzzelt, wie sie sich ausdrückt, und verteilt jedem von uns einen Zettel, auf dem steht, wer mit wem zusammengeht.
»Jola de la Riva«, lese ich, »fünfzehn Jahre, Hobbys: Basketballspielen, Lesen und Chatten.« Das klingt schon mal gut.
»Meine heißt Ninja«, wispert Julia mir zu und zeigt auf ihr Blatt. »Und ihre Hobbys sind Tanzen und Geigespielen. Na, das wird so eine Langeweiletante sein.« Enttäuscht guckt sie mich an.
»Tröste dich, bei meiner steht Basteln und Häkeln. Sie heißt Gemma«, ruft Jolina. »Garantiert mag sie mallorquinische Folklore …« Prompt bricht ein riesiger Tumult los, Namen schwirren umher, Hobbys von Tauchen, Skaten bis Surfen werden genannt, aber auch normalere Dinge wie Musikhören, Fahrradfahren oder Fußballspielen.
»Das kannst du herausfinden, liebe Jolina«, unterbricht Pilar den allgemeinen Tumult. »Eure Hausaufgabe bis morgen wird sein, euren Austauschpartnern eine E-Mail zu schreiben und euch vorzustellen: wie ihr wohnt, was eure Hobbys sind, welche Vorlieben ihr habt …«
»Auf Deutsch oder auf Spanisch?«, fragt Mareike.
»Auf Katalanisch«, ulkt Juri. »Wenn ich recht informiert bin, gehört Mallorca zu Katalonien.«

»Womit wir beim Thema wären«, seufzt Pilar. »Unsere Partnerschule unterrichtet nämlich vorrangig in *Català*, wie alle Schulen in Katalonien, und nicht in *Castellano*, also dem, was wir unter Spanisch verstehen. Das war auch das große Problem für unsere Schuldirektorin, weshalb sie den Austausch zuerst nicht genehmigen wollte. Sie befürchtete, dass ihr euch dort nicht verständigen könnt.«

Erschrocken gucken wir uns an, mittlerweile ist es mucksmäuschenstill im Raum. Von der einstigen Unterdrückung der katalanischen Sprache habe ich schon gehört und dass sie mittlerweile wieder als Amtssprache verfassungsrechtlich geschützt ist. Aber dass wir in der Schule vor Ort auch am katalanischen Unterricht teilnehmen sollen?!

Katalonien ist seit 1978 neben dem Baskenland, Galicien und Navarra eine autonome Gemeinschaft Spaniens mit einer eigenen Polizeieinheit und weit reichenden Befugnissen in Gesetzgebung und Verwaltung. Die Amtssprachen sind Katalanisch und Kastilisch (Spanisch). Weil die Katalanen sich in sprachlichen, kulturellen und wirtschaftlichen Dingen von den »Spaniern« unterscheiden, bezeichnen sie sich als eigenständige Nation. Verkehrssprache in Katalonien ist Katalanisch, ob in Schulen, Universitäten oder auf dem Amt. **Mallorquí** ist ein Dialekt des Katalanischen mit vielen sprachlichen Besonderheiten in der Aussprache. Aber keine Sorge: Mit deinem Spanisch kommst du überall durch ...

»Warum nicht gleich Mallorquinisch«, seufze ich und bereue für einen Moment, dass ich mich für diesen Schüleraustausch angemeldet habe. Aber meine Eltern haben unterschrieben. Und die Zettel sind längst abgesegnet ...

»Jetzt mal langsam«, versucht uns Pilar zu beruhigen. »Natürlich sprechen dort alle auch Castellano, auch mit euch. Und wie ich die gastfreundlichen Katalanen kenne, werden sie euch nicht außen vor lassen und Rücksicht nehmen. Das habe ich Frau Meyerhoffen auch gesagt. Aber es kann ja nicht schaden, ein paar Sätze wie ›Guten Tag‹ und ›Auf Wiedersehen‹ auf Català zu kennen. Das ist eure zweite Hausaufgabe.«
Murrend zücken wir unsere Stifte und schreiben ein paar Höflichkeitsfloskeln von der Tafel ab, die sie für uns notiert hat. Immerhin heißt ja sí und nein no.

> Na dann:
> Bona nit!

»Hey, auf meinem Zettel steht, dass ich in einem *alberg de juventut* untergebracht bin«, ruft Jolina plötzlich aufgeregt in die Runde hinein. »Heißt das, ich wohne gar nicht bei Gemma zu Hause?«
»Hast du es gut«, meint Charlotte. »Wer weiß, wie es bei Familie Ballester wird. So hast du wenigstens morgens und abends deine Ruhe. Wollen wir nicht tauschen?«
»Ich weiß nicht, ob ich das gut finde«, antwortet Julia. »Ehrlich. So bekommt ihr doch gar nichts mit ...«
Ich bemerke, wie Jolina Sebastian zuzwinkert, der ebenfalls wie Pia und Tim nicht in einer Gastfamilie unterkommen konnte und mit ihr gemeinsam in der Jugendherberge wohnen wird. Garantiert findet Jolina das nur halb so schlimm und freut sich darüber, dass sie unbeobachtet mit den anderen Party machen kann ... Julia, die natürlich sofort schnallt, was Jolina im Schilde führt, guckt schlitzig, vor allem weil Sebastian sie einfach übergeht.

»Das war leider nicht möglich, auf die Schnelle so viele passende Familien für euch alle zu finden«, entschuldigt sich Pilar. »Es tut mir sehr leid, aber so ist es nun mal. Ihr habt trotzdem eine Schülerin oder einen Schüler vor Ort, die oder der eure Ansprechpartnerin oder euer Ansprechpartner ist. Ich verspreche euch, dadurch werdet ihr trotzdem nicht zu kurz kommen – und Land und Leute intensiv erleben.«

Mit gemischten Gefühlen packe ich meine Sachen zusammen, als es zur Pause klingelt.

E viva España! Äh: Catalunya …

3 - 2 - 1 ... der Countdown läuft

Abends sitze ich vor meinem Computer und weiß nicht, was ich Jola schreiben soll. Vor allem: WIE? Auf Spanisch oder Deutsch? Katalanisch kann ich ja nicht. Also beschließe ich eine Mischung aus allem. Erzähle, dass ich mich auf die Reise freue (klar, sonst hätte ich mich nicht dafür angemeldet), dass ich vor Aufregung ganz hippelig bin (weil ich nicht weiß, was mich erwartet) und dass ich keine Ahnung habe, was ich am besten einpacken soll (profan, banal, aber ja auch nicht unwichtig).
Als ich nach dem Zähneputzen noch mal mein Postfach checke, habe ich tatsächlich bereits eine Antwort von Jola! Mit klopfenden Herzen öffne ich ihre Mail (die andere von Billa wegen des bevorstehenden Basketball-Turniers kann warten).
Jola schreibt, dass sie sich ebenfalls tierisch freut (sie schreibt wirklich tierisch (auf Deutsch!!!), keine Ahnung, wo sie diesen Ausdruck aufgeschnappt hat), dass sie meine Aufregung verstehen kann, ich mir aber keine Sorgen machen müsse und dass es jetzt um die Jahreszeit um die zwanzig bis fünfundzwanzig Grad hätte, aber immer wieder auch mit Gewitter und Regen zu rechnen wäre.

> **Das hört sich ja schon mal gut an!!!**

Dann fragt sie mich, wo genau ich in Deutschland wohne, ob ich wirklich am liebsten Weißwürste frühstücke und Jürgen

Drews?!?! höre. Das meint die nicht ernst, denke ich grinsend, und bevor hier Missverständnisse aufkeimen, antworte ich ihr ausführlich, obwohl ich hundebabymüde bin und morgen eine Englischarbeit schreibe. Das hätte ich besser nicht getan, denn im Gegensatz zu mir scheint Jola um diese späte Uhrzeit noch topfit zu sein und antwortet sofort, sogar mit Foto.  Und das ist sie: dunkelhaarig, blitzende Augen und ein sympathisches Lächeln. Zur meiner Erleichterung stellt sich heraus, dass auf Mallorca auch Müsli gegessen wird und Jürgen Drews mitten in der Nacht auftritt, wenn brave Austauschmädchen längst schlafen …

Mr Marshall grinst über beide Segelohren und blättert in aller Seelenruhe in seiner *Times*, während wir uns am nächsen Morgen in seinem Unterricht mit der Interpretation von Dr. Jekyll and Mr Hyde abmühen. Mein Gehirn, Abteilung Englischvokabelspeicher, ist wie leer gefegt, ich habe nicht die geringste Idee, was ich schreiben soll, sämtliche Redewendungen sind futsch. Dabei habe ich mich eine Woche lang richtig gut vorbereitet: Jeden Tag ein bisschen gelernt, wichtige Stellen samt Vokabeln wiederholt, wie es im Lehrbuch steht. Aber jetzt ist alles weg. Hilflos schaue ich in der Klasse umher. Yannis kritzelt tief gebeugt über sein Blatt eifrig vor sich hin, Jolina rauft sich die Haare, während sie schreibt, und Juri nagt an seinem Stift und scheint auch nicht weiterzuwissen. Gequält grinsen wir uns an. »Wie machen das die Dolmetscher bloß«, stöhne ich in der Pause, nachdem ich ein sehr übersichtliches Blatt abgegeben habe. »Die ganze Zeit über spukten nur spanische Ausdrücke in meinem Kopf herum, kein Wort Englisch! Wenn ich jetzt wieder eine schlechte Note schreibe, überlegen sich meine Eltern das mit dem Austausch womöglich doch noch mal.«

> Je besser du eine Sprache beherrschst und sie verankert hast, desto besser kann dein Gehirn zwischen den Sprachen unterscheiden, eben weil jede Sprache ihre grammatikalischen, fonetischen und orthografischen Besonderheiten hat. Bei den gängigen Lehrmethoden in der Schule ist das allerdings eine große Herausforderung, weil hier Vokabeln selten praktisch angewendet, sondern nur auswendig gelernt, abgefragt und krampfhaft nachgesprochen werden. Wenn du dir etwas Gutes tun willst, hörst du in deiner Freizeit nebenbei englische, französische bzw. spanische Musik, schaltest die ausländischen Fernsehsender an (Kabelfernsehen sei Dank) oder gehst mal ins Kino in einen Film in Originalfassung. So hast du den Klang der Sprache im Ohr, erkennst immer mehr Vokabeln in ihrem konkreten Kontext und lernst nachhaltig die Sprache.
> Kanadische Hirnforscher haben übrigens bewiesen: Das Pendeln zwischen zwei Fremdsprachen hält das Gehirn jung und verzögert Demenzerscheinungen.

»Angemeldet ist angemeldet«, tröstet mich Julia. »Hast du mit deiner auch schon Kontakt aufgenommen?« Sie erzählt mir, dass Ninja nur ganz kurz auf ihre Mail hin geantwortet hätte, dafür aber eine Einladung für Facebook geschickt habe.
»Ich bin da aber nicht registriert«, sagt sie, »und darf auch nicht rein. Ashley hat ...«
»Oh, du Arme«, meint Charlotte, »dann bist du ja völlig isoliert.«
»So ein Quatsch«, verteidige ich Julia. Ich kann mir schon denken, was sie von Ashley erzählen will: Nämlich dass diese

sämtliche Schutzfunktionen ignoriert hat und Püttners Rechner wie ein offenes Buch für jedermann zugänglich im WWW daliegt.

> **Facebook** ist ein kommerzielles Online-Portal für soziale Kontakte mit weltweit über 665 Millionen Mitgliedern, in Deutschland sind 18 Millionen Menschen bei Facebook registriert. Einmal registriert, kannst du weltweit Freunde finden.
>
> Viele üben jedoch Kritik und warnen vor einer Registrierung bei Facebook. Denn deine persönlichen Daten sind, falls du sie nicht in einem sehr umständlichen Verfahren verschlüsselst bzw. sperrst, für alle anderen zugänglich, werden an Werbepartner weiterverkauft und dienen mitunter Dritten, mehr Dinge über dich auszuspionieren, als dir lieb ist. Nicht zuletzt kann dein späterer Chef über Facebook kleine oder große Jugendsünden über dich herausfinden, die deine Bewerbung zunichtemachen – auch wenn es Jahre her ist, denn das Internet vergisst nichts. Das gilt vor allem für Fotos, die eingestellt werden. Bist du bei Facebook registriert, wird über die automatische Gesichtserkennung deine Identität auf JEDEM veröffentlichten Foto erkannt, selbst wenn du nur zufällig im Hintergrund bist und es um einen Wildfremden geht. Bist du bei Facebook angemeldet, ist es so, als ob JEDER in dein Zimmer gucken könnte und an deinem Privatleben teilnimmt.
>
> 2011 erhielt Facebook übrigens den Big Brother Award, der die Plattform als Datenkrake auszeichnet. Eine fragliche Ehre, denn damit wird Facebook ein fahrlässiger Umgang mit Datenschutz bestätigt.

> **Deswegen bin ich nicht bei Facebook:**
> Weil mir die Sicherheitseinstellungen zu kompliziert sind.
> Weil ich mich nicht ausspionieren lassen will.
> Weil ich meine Freunde lieber live und in Farbe finde.

»Meine hat geschrieben, ich solle mein Dirndl mitbringen«, grinst Jolina. »Ich habe sie daraufhin gefragt, ob sie auch immer im Flamenco-Kleid zur Schule geht.«
»Was denken die eigentlich über uns?«, wundere ich mich und erzähle von der Frage nach den Weißwürsten zum Frühstück.

Das Wort Klischee stammt vom französischen *cliché* und bedeutet so viel wie Abklatsch, billige Nachahmung. Man kann auch sagen: Ein Klischee ist etwas Abgegriffenes, Eingefahrenes, Wiederkehrendes, Abgedroschenes, sich Wiederholendes, also nichts Originelles. Klischees werden gerne reproduziert, weil sich mit ihnen gerne Menschen/Dinge/Gefühle etc. in vorgefertigte Schubladen einordnen lassen, ohne dass man weiter darüber nachdenken muss. Du bedienst dich eines Klischees, um dich sicher zu fühlen – um keine Angst vor dem Unbekannten haben zu müssen. Aber Achtung! Andererseits lässt dich ein Klischee in die Falle laufen, weil du von Fakten ausgehst, die so nicht stimmen, und weil du mit Klischees behaftet nicht in der Lage bist, dir eine eigene Meinung zu bilden.
Bevor auch du ein Klischee-Opfer wirst, tue Folgendes: Informiere dich, stelle Sachverhalte infrage und bleibe offen und tolerant gegenüber allem Neuen und Fremden. Und vor allem: Bilde dir eine eigene Meinung!

Klischeetest:

1. Wenn ein Buch kein Happy End hat, finde ich das
   a) nachdenkenswert   b) doof

2. Wenn ein türkischer Mann aus der Nachbarschaft mich grüßt, finde ich das
   a) normal   b) bemerkenswert

3. Wenn es zum Kaffee keinen Kuchen gibt, finde ich das
   a) völlig in Ordnung   b) peinlich

4. Wenn ein Mädchen immer die Beste sein will, finde ich das
   a) okay   b) zickig

5. Wenn ein Junge Füßlinge trägt, finde ich das
   a) okay   b) schwul

6. Wenn Hinterwäldler keine modischen Klamotten tragen, finde ich das
   a) ihr Ding   b) typisch

7. Wenn Scheidungskinder Probleme haben, finde ich das
   a) bemitleidenswert   b) normal

Auflösung: a oder b, schwarz oder weiß, du merkst schon: Je öfter du b angekreuzt hast, desto mehr bist du in der Klischeekiste gefangen. Mach dich frei von Vorurteilen und gib jedem Menschen einen Chance, gleicher welcher Herkunft, Hautfarbe oder Gesinnung. Du selbst möchtest ja auch ohne Wenn und Aber beurteilt werden.

Als wir später in der Spanischstunde diese Frage stellen, nickt Pilar nur. »Genau darüber wollte ich mit euch heute sprechen: über das Bild der Deutschen im Ausland. Was zeichnet die Deutschen aus? Was mögen sie, was eher nicht? Was ...«

»... essen sie am liebsten«, fällt ihr Juri ins Wort und winkt müde lächelnd ab. »Das kennen wir schon von den Franzosen: Alle Deutschen essen immer und ausnahmslos Sauerkraut mit Würstchen ...«

»Oder Frankfurter grüne Soße«, grinst Jolina. »Hey, wir kommen aus der Heimatstadt Goethes, gehen aufs Goethe-Gymi, da darf's schon mal ein bisschen mehr sein.«

»Bitte sachlicher, meine Lieben«, bringt Pilar den aufkeimenden Tumult zur Ruhe. »Von mir aus könnt ihr euch gegenseitig mit Klischees erschlagen; ich möchte gerne, dass ihr euch mit ein paar Daten und Fakten eurer Heimat beschäftigt und Rede und Antwort stehen könnt. Schließlich seid ihr als Botschafter eures Landes – und natürlich unserer Schule – unterwegs.«

Wenn du im Ausland unterwegs bist, wirst du garantiert immer wieder zu deiner **Heimat** befragt. Da ist es ganz hilfreich, wenn du vorbereitet bist und ein paar spannende Dinge zu erzählen weißt. Je nach Lust und Interesse kannst du einen Bildband einstecken oder eine Fremdenverkehrsbroschüre. Wenn du es persönlicher magst, mache Aufnahmen von deinen Lieblingsorten und gestalte dir ein Album, dann hast du mehr zu erzählen. Keine Sorge, niemand erwartet von dir exakte Ge-

> schichtszahlen oder historische Details. Aber lege dir für alle Fälle ein paar Basics zurecht, auf die du jederzeit zurückgreifen kannst. Für folgende Fragen solltest du eine Antwort parat haben:
> **Wo** liegt deine Stadt in Deutschland/welche bekannte Stadt/bekannte Landschaft ist in der Nähe?
> **Wie viele** Einwohner hat deine Stadt?
> **Wie** ist es dort landschaftlich? (Berge, Fluss, Meer, Tal?)
> **Wie** ist das Klima – stimmt es, dass es in Deutschland immer nur regnet?
> **Wie** sind die Menschen in deiner Region – stimmt es, dass alle Deutschen so fleißig und ordentlich sind?
> **Was** sind die Spezialitäten deiner Heimat – wie viele Brotsorten gibt es bei euch?
> **Ist Bier** wirklich euer Nationalgetränk?

Ihr letzter Satz klingt wie von Frau Meyerhoffen persönlich, denke ich innerlich grinsend. Da bemerke ich, wie Ibo finster vor sich hin starrt. Er beißt sich auf die Lippen, als würde er jeden Augenblick explodieren. Prompt platzt es auch aus ihm heraus:

»Ihr könnt ja die Fragen und Antworten vom Einbürgerungstest auswendig lernen, da seid ihr bestens vorbereitet und wisst endlich mal Bescheid über euer Grundgesetz und eure Wirtschaft«, schnaubt er und ich frage mich, was ihn daran so wütend macht. Soweit ich weiß, muss er doch diesen Einbürgerungstest überhaupt nicht machen.

Pilar lässt ihn ausblubbern, atmet tief durch. Dann schaut sie ernst in die Runde. »Lieber Ibrahim, ich kann mir nicht vorstellen, dass deine Mitschüler und Mitschülerinnen wissen, wovon du redest. Könntest du sie bitte darüber informieren!?«

»Äh, also, der Einbürgerungstest ist für Ausländer gedacht, die die deutsche Staatsbürgerschaft erlangen wollen. Dazu müssen sie von über dreißig mindestens siebzehn Fragen richtig beantworten ...«

»Ja und?«, tönt Juri, »das kann ja wohl so schwer nicht sein.«

»Ach ja? Kennst du alle Hauptwerke eurer Dichter und Denker? Weißt du den Paragrafen XY zum Thema Schnidlibum? Kennst du euer durchschnittliches Bruttoinlandsprodukt? Das ist reine Paukerei, kann ich dir sagen, und ich möchte wetten, solch einen Test würdest *du* nicht bestehen.« Ibo schildert uns ausführlich, was es mit dem Test auf sich hat und dass ein Onkel von ihm ihn erst vor kurzer Zeit nur knapp bestanden hat. Immerhin ist der jetzt glücklicher Besitzer eines deutschen Passes.

Den **Einbürgerungstest** gibt es in vielen Ländern, nicht nur in Deutschland. Er ist eine Prüfung, in der der Einbürgerungswille anhand einer Reihe von Fragen in Bezug auf Wirtschaft, Geschichte, Sprache, Kultur und Staatswesen durch die zuständige Behörde abgefragt wird.

In Deutschland besteht der Test aus 310 Fragen, von denen 33 gestellt und 17 richtig beantwortet werden müssen. Für jede Frage stehen vier Antworten zur Auswahl und für die Beantwortung der Fragen gibt es eine Stunde Zeit.

Typische Fragen lauten beispielsweise:

1. Welches Recht gehört zu den Grundrechten in Deutschland?

2. Welche Maßnahme verschafft in Deutschland soziale Sicherheit?

3. Wie hieß der erste Bundeskanzler der Bundesrepublik Deutschland?

> **4.** Welcher Religion gehören die meisten Menschen in Deutschland an?
> **5.** Bei welchem Amt muss man in Deutschland seinen Hund anmelden?
> **6.** Wo arbeitet die deutsche Bundesregierung?
> **7.** In welchem Jahr wurde die Mauer in Berlin gebaut?
> **8.** Wie viele Einwohner hat Deutschland?

Ich sag nur: Deutschlandreise oder: Finden Sie Minden!

»Wäre doch die Gelegenheit …«, feixt Juri und erntet prompt einen genervten Blick von Ibo.
»Na, dann wisst ihr ja, was ihr bis morgen macht«, sagt Pilar ins Pausenklingeln hinein. »Ihr bereitet euer Wissen über eure Heimatstadt auf. Morgen sprechen wir dann ausführlicher über das, was euch vor Ort erwartet. Und für alle, die nicht an unserem Schüleraustausch teilnehmen«, sie guckt Ibo aufmunternd an, »schadet es auch nicht, ein paar Fakten und eine eigene Meinung parat zu haben.«

Am nächsten Morgen ist mir zum Kotzen übel, und während die anderen quer durch Deutschland reisen, hänge ich über der Toilette. Auch in den folgenden Tagen geht es mir kaum besser, zwar hat die Übelkeit aufgehört, aber mein Magen fühlt sich an wie ein dauerverkrampfter Gummiball, der sich schmerzhaft dehnt und zusammenzieht. Mama guckt besorgt und legt mir eine Wärmflasche auf den Bauch, erspart mir jedoch zum Glück einen Besuch bei Doktor Gottstein. Irene schickt Globuli

---

1. Meinungsfreiheit, 2. Krankenversicherung, 3. Konrad Adenauer, 4. Christentum, 5. Ordnungsamt, 6. Berlin, 7. 1961, 8. 81,8 Millionen

und eine spezielle Kräuterteemischung, doch ich fühle mich drei Tage lang einfach fürchterlich.

»Vielleicht bist du schwanger«, scherzt Milli am Telefon, als ich ihr mit schwacher Stimme von meiner misslichen Lage berichte.

»Blöde Kuh«, stammele ich mühsam hervor. Ohne einen weiteren Kommentar lege ich auf. Yannis redet seit Tagen kein Wort mit mir und meidet meine Nähe wie faule Eier, da bekomme ich noch nicht einmal wunde Lippen vom Küssen.

»Irgendein Virus«, höre ich Mama seufzen, als Oma Doris zu Besuch ist.

»Reisefieber«, mutmaßt mein Vater, nachdem er sich bei mir nach dem Stand der Dinge erkundigt hat und ich ihm aufgeregt erzählt habe, was wir alles wissen und noch besorgen müssen.

Die gute Nachricht: **Reisefieber** ist keine ernsthafte Krankheit und heilbar. Die schlechte: Stress, Aufregung, Nervosität und Angst vor Ungewissem können vor der Reise Symptome wie Schwindel, Schweißausbrüche bis hin zu Übelkeit und Erbrechen auslösen. Dagegen hilft: locker machen und vor allem: sich auf die bevorstehende Reise freuen! Wenn du jedoch meinst, vor Aufregung zu platzen, und deine Nervosität dir die Vorfreude zu trüben droht, kannst du Folgendes tun:

spazieren gehen, Sport treiben, ausruhen, Melissentee trinken = alles, was dich ruhig macht und dir guttut.

To-do-Liste machen, dann hast du es schwarz auf weiß und nicht im Kopf, was dich umtreibt.

Tausend Gedanken kreisen durch meinen Kopf, während ich in meinem Bett jammernd vor mich hin dämmere.

> Was, wenn Jola so eine eingebildete Tussi ist?
> (Obwohl, dann hätte sie nicht sofort geantwortet und sähe auf dem Foto nicht so nett aus.)
> Was mache ich, wenn ich mich verlaufe?
> Wenn ich mein Geld verliere
> oder schlimmer noch: beklaut werde?
> (Mmh, kann mir hier in der City auch passieren.)
> Oder wenn ich so wie jetzt krank werde?
> Werde ich meine Eltern vermissen? Und Stinker Leon?
> Und wie soll ich vierzehn Tage ohne Yannis sein?
> (Wobei: Zurzeit bin ich auch ohne ihn.)

»Jetzt mach dir mal nicht ins Hemd«, sagt Milli, als ich mich endlich besser fühle und wir gemeinsam mit einem Becher Kakao bei uns auf der Terrasse sitzen. »Mallorca ist nicht Afrika oder Peru! Dich erwarten weder Schlangen noch giftige Käfer noch gefährliche Tropenkrankheiten. Du fährst in eine zivilisierte Gegend zu einer netten Gastfamilie, deren Tochter dir eine supernette Mail geschickt hat. Du kennst wenigstens zwanzig Leute in deiner Umgebung und bist auf der deutschesten Insel aller Inseln. Und wenn es hart auf hart kommt, setzt du dich in den Flieger und bist in zweieinhalb Stunden wieder zu Hause. Mensch, Sina, komm mal runter und freu dich endlich, du bist doch sonst nicht so! Und schließlich ist es nicht dein erstes Mal, remember, du warst schon mal alleine im Ausland, schon vergessen? Was hättest du nur als Model gemacht?!« Milli hält grinsend in ihrem Vortrag inne und schaut mich kopfschüttelnd an.

»Du hast gut reden, du bist in deinem Leben schon tausend Mal um die Welt geflogen …«, versuche ich eine zaghafte Antwort auf ihre lange Rede.

»Stell dir vor, und auch alleine und ich habe es überlebt, wie du siehst.« Sie knufft mir freundschaftlich in die Seite. »Das wird dir gefallen, wirst schon sehen!«

Zerknirscht grinse ich sie an. Wenn ich ganz, ganz ehrlich bin, habe ich TIERISCHEN Bammel vor diesem Schüleraustausch und würde am liebsten wieder alles rückgängig machen. Wieso wollte ich überhaupt unbedingt mit?! Ich alleine! Im Ausland! Ohne meine Familie! Ohne eine Grace, die mein Flugticket bereithält. Aber kneifen gilt nicht, da hat Milli recht. Und eigentlich kann es ohne Eltern nur geil werden.

Ist das ein Schritt zum Erwachsenwerden?!

»Hast du denn deine Kofferliste schon gemacht?«, fragt Milli, um mich abzulenken. »Da gibt es so eine superpraktische Gepäck-App, wo du dein Reiseziel angibst und …«

»Spinnst du?« Typisch Milli, seit sie ihr iPhone hat, geht nix mehr ohne App. »Ich weiß ja wohl noch selbst, was ich alles für eine Reise brauche oder nicht!«

Immerhin hatte ich drei quälend lange Tage Zeit, mir über den Inhalt meins Koffers Gedanken zu machen.

In deinen **Reisekoffer** gehören:
❑ Deo, Duschzeug, Hygieneartikel
❑ Fön, Kamm, Haarpflege
❑ Bikini, Strandtuch, Badelatschen
❑ Sonnencreme und Sonnenbrille
❑ Schlafanzug und Hausschlappen

- ❏ Reiseapotheke
- ❏ Nähzeug
- ❏ Adapter für Elektrogeräte
- ❏ Aufladegerät für dein Handy/Akkuladegerät für deinen Fotoapparat
- ❏ Wörterbuch und Reiseführer
- ❏ Gummibären
- ❏ Bücher
- ❏ Gastgeschenk (Zerbrechliches ins Handgepäck)
- ❏ … und natürlich deine liebsten Klamotten!

Für diese gilt:
- ● Kombiniere so viel wie möglich!
- ● Nimm einen Fleece statt einen dicken Wollpulli mit, das spart Platz!
- ● In gut eingetragenen Outdoorschuhen kannst du bequem den ganzen Tag (!) laufen.
- ● Lass noch Platz im Koffer für Mitbringsel und neue Klamotten!
- ● Kosmetikartikel in Miniformat sparen Gewicht. Oder nimm Two-in-one-Produkte.

»Hauptsache, dein Handy funktioniert, damit du im Notfall immer jemanden erreichen kannst«, meint Milli lapidar.

Weshalb ich erneut durch die Gegend titsche wie eine aufgezogene Flipperkugel, denn mein Handy hat nur eine Prepaidkarte, die natürlich nicht fürs Ausland gilt. Aber wie war das: für jede Lösung ein Problem! Natürlich hilft mein guter Papa und surft stundenlang durchs Netz, um einen geeigneten Anbieter zu finden, dessen Prepaidkarten auch innerhalb Europas funktionieren und keine Horrorsummen verschlucken.

»Eine SMS täglich«, ulkt er, als er mir die Karte auflädt, und ich strecke ihm die Zunge raus. An der Art, wie er mich anschaut, als er mir das Handy wieder in die Hand drückt, merke ich – auch er macht sich seine Gedanken, wie er es finden soll, dass seine Älteste alleine losreist und für zwei Wochen in einer fremden Familie lebt, mit gerade mal vierzehn Jahren.

Und dann ist es endlich, endlich so weit! Wir stehen pünktlich wie verabredet am Flughafen vor dem Check-in und geben unsere Koffer ab. In meinem ist noch jede Menge Platz gewesen, sodass ich mich ein ums andere Mal gefragt habe, ob ich nicht wirklich etwas vergessen habe. In Gedanken bin ich immer wieder alles durch, aber ich habe selbst die Riesentüte Gummibären für Jola, meinen selbst gebackenen Marmorkuchen und den Bildband für ihre Eltern eingepackt, ich schwöre.

»Sandy hat tatsächlich zwei Bembel gekauft«, kichert Jolina, »für die Herbergseltern.«

Ein Gastgeschenk kann sein:
- kleiner Fotoband von deiner Stadt
- typische Leckereien (Pralinen, Salami, Honig)
- Musik von deutschen Bands (CD, Playlist)
- Pflanze/Blume aus deinem Wald
- eine Flasche Wein für die Gasteltern

- falls du zu den Kreativen gehörst: etwas Selbstgebasteltes
- Ein »typischer« deutscher Kuchen wie beispielsweise Käsekuchen, Frankfurter Kranz, Schwarzwälder Kirschtorte, Apfelstreusel, Gugelhupf oder, weil er sich am einfachsten transportieren lässt, ein Marmorkuchen

Sinas Marmorkuchen:

250 g Margarine mit 250 g Zucker und 1 Päckchen Vanillezucker schaumig rühren, nach und nach 4 Eier dazugeben und noch mal ordentlich rühren. Ein Esslöffel Essig macht den Teig noch lockerer! Dann 500 g Mehl gemischt mit 1 Päckchen Backpulver nach und nach unterrühren, etwa 125 ml Milch hinzufügen, sodass der Teig schwer reißend vom Löffel fließt. Eine Kasten- oder Gugelhupfform fetten, zwei Drittel des Teiges einfüllen. Den restlichen Teig mit 30g Kakao, 3 Esslöffeln Zucker und 3 Esslöffeln Milch schokoladig rühren. Auf dem hellen Teig verteilen und mit einer Gabel »marmorieren«. Dann mindestens eine Stunde im vorgeheizten Backofen bei 175 bis 190 Grad backen. Nach dem Erkalten mit Puderzucker bestäuben oder mit Schokoguss noch schokoladiger machen.

Ich weiß nicht, wer aufgeregter ist, meine Eltern, Yannis oder ich. Richtig gelesen: Mein bester Kumpel und liebster Freund ist gestern Abend ganz lieb angezockelt gekommen, hat sich für sein dämliches Verhalten in der letzten Zeit entschuldigt, mich lange im Arm gehalten und zum ausgiebigen Küssen in die Hollywoodschaukel entführt. Eigentlich war ich ja zum Abendessen mit meinen Eltern verabredet, weshalb ich hinterher ordentlich Ärger bekam, weil ich die Lasagne, die ich mir extra gewünscht hatte, habe sausen lassen. Vor lauter Yannis-

Verliebtheit habe ich noch nicht mal daran gedacht, dass er ja hätte mitessen können. Den Nachtisch (Tiramisu, mmh) haben wir dann allerdings gemeinsam auf unserer Terrasse gefuttert. Jetzt steht er neben mir, hält meine schweißnasse Hand fest – und sagt kein Wort, ich bin ganz gerührt vor lauter Gefühlen. Vergessen ist unser dämlicher Streit – und auch wenn ich mich riesig auf die Reise freue, werde ich ihn sehr vermissen. Dafür plappert Julia in einer Tour, erzählt, was sie alles in ihren Koffer gequetscht hat und was nicht, dass die Eltern von ihrer Austauschschülerin Ninja eine Finca mit Pool besitzen und sogar einen Weinberg.

Je näher der Abschied rückt, desto aufgeregter werde ich. Nach meiner Krise in der letzten Woche freue ich mich jetzt natürlich riesig auf die bevorstehenden Tage. Ich drücke meine Eltern fest, lass mich von ihnen ein letztes Mal ermahnen (Papa) und abküssen (Mama), selbst Leon gibt mir einen Schmatzer. Eine letzte innige Umarmung von Yannis, ein letztes Mal seinen warmen, wohligen Geruch eingesogen, dann geht es endlich, endlich los. Unter großem Gewinke (Julia und ich) und Gejohle (Sebastian und Juri) und Geweine (Charlotte kriegt sich kaum ein) marschieren wir mit unserem Handgepäck Richtung Sicherheitskontrolle und lassen uns abpiepsen.

Zum Glück gibt es noch keinen Nacktscanner!!!

In dein **Handgepäck** gehört:
❏ TICKETS!
❏ Geld und Ausweise
❏ Zahnbürste und Zahnpasta
❏ Kopfhörer (für den Flieger)
❏ Fotoapparat und Handy

- Sonnenbrille
- wichtige Medikamente
- Lippenbalsam
- Taschentücher
- Glücksbringer oder Kuscheltier
- eine gute Reiselektüre oder der Reiseführer

Achtung!

✳ Besondere Vorsichtsmaßnahmen gelten für Flüssigkeiten wie Gel, Cremes, Pasten etc., so du sie im Handgepäck und nicht in deinem Koffer transportieren willst. Sie müssen in Behältern von maximal 100 ml Fassungsvermögen in einer durchsichtigen Plastiktasche, deren Fassungsvermögen nicht mehr als 1 Liter beträgt, mitgeführt werden.

Im Handgepäck verboten sind:

✳ Alle Arten von stumpfen, spitzen, scharfen Gegenständen (Messer, Nagelfeile, Schere, Besteck)

✳ Brennbare, explosionsgefährdete oder chemische Stoffe

✳ Wanderstöcke, Skistöcke, Golfschläger etc.

✳ Über die Handgepäckbestimmungen informierst du dich am besten direkt bei deiner jeweiligen Fluggesellschaft, da die erlaubten Größen voneinander abweichen. Die meisten verbieten auch die Mitnahme von Heißgetränken (kein Coffee to go) und alkoholischen Getränken (kein Sekt zum Anstoßen über den Wolken).

✳ Wichtige Medikamente gehören ins Handgepäck, und zwar in einer hinreichenden Dosierung (berechne, dass der Flug sich verzögern kann). Für verschreibungspflichtige Medikamente und auch für Spritzen im Handgepäck benötigst du eine Bescheinigung vom Arzt. Erkundige dich bei deiner Fluggesellschaft, das wird unterschiedlich gehandhabt.

Prompt bekommt Jolina Ärger, weil sie in ihrem Rucksack einen Liter Cola und ihren Haarlack mitführen will. Außerdem hat sie dummerweise vergessen, ihr Nageletui in den Koffer zu stecken, sodass sie jetzt alles bei den freundlichen Flughafenmitarbeiten lassen muss, die ihr anbieten, dass sie ihre Habseligkeiten bei ihrer Rückkehr unter der Nummer 2.758 wieder abholen darf, sie müsse hier nur kurz unterschreiben. Aber bis dahin sind es vierzehn lange Tage …

DRITTES KAPITEL,
IN DEM SINA FREIHEIT SPÜRT

Buenos días!

Mein Aufenthalt auf Palma beginnt damit, dass wir nicht landen können, weil gerade ein Gewitter über der Hauptstadt tobt. Also ziehen wir eine Kurve nach der nächsten, hängen genervt in unseren Sitzen, weil wir nichts mehr trinken und auch nicht mehr aufstehen dürfen. Immer mal wieder krachen wir durch ein Luftloch, *turbulencias*, wie der Pilot uns knapp mitteilt. Julia neben mir ist käseweiß im Gesicht, sie kämpft mit der Kotztüte in ihrer Hand, die sie offensichtlich partout nicht benutzen will.

> Na, danke auch! Das hatte ich mir anders vorgestellt!

Allein Juri hat gute Laune wie immer und seine lustigen Sprüche nicht vergessen. Pausenlos textet er den neben ihm sitzenden Sebastian zu, erzählt von seiner Gastfamilie, die ein Hotel am Strand besitzt, und wie er davon träumt, frühmorgens im Meer schwimmen zu gehen.
»Aber vorher werde ich noch schnell die Handtücher über die Liegen am Pool verteilen«, ulkt er. »Dann habt ihr freie Auswahl, wenn ihr mich später besuchen kommt.«

Wenn Juri das macht, dann adios amigos!

Ich bemerke, wie Julia neben mir jetzt ganz grün um die Nase wird. Vor Neid? Denn die Finca ihrer Ninja liegt ja im Landesinneren inmitten der Weinberge, Pool hin oder her.

»Meine Familie hat ein Restaurant, das wird bestimmt lecker«, freut sich jetzt Charlotte. »Da kann ich mir jeden Tag etwas anderes aussuchen.«

»Nicht von Essen sprechen ...«, murmelt Julia und würgt.

Glücklicherweise setzt die Maschine jetzt zur Landung an, fliegt einen großen Bogen über die Bucht. Als wir dann durch die Wolken sind, erhasche ich einen Blick auf die Stadt, ihren Hafen. War das die berühmte Kathedrale? Vor Aufregung und Unternehmungslust wird jetzt *mir* schlecht. Ich kann es kaum erwarten, endlich wieder festen Boden unter den Füßen zu haben und die Insel zu erobern.

Leider muss ich mich damit noch ein wenig gedulden. Nach der Landung müssen wir endlos lange Korridore bis zur Gepäckausgabe laufen und dort noch einmal Ewigkeiten warten, bis unsere Koffer auf dem Band erscheinen.

»Die langen Korridore sind für die Massen in der Hochsaison gedacht«, erklärt uns Pilar. »Dieser Flughafen wächst und wächst, damit er dem regelmäßigen Touristenansturm gewachsen ist. Mallorca hat jährlich rund sechs Millionen Feriengäste.«

Und dann ist es endlich, endlich so weit: Die Türen schwingen zur Seite und wir laufen, unsere Rollkoffer im Schlepptau, durch ein Spalier aus deutsch-katalanischen Fähnchen und einem bienventut-Transparent nach draußen in die Ankunftshalle. Alles johlt und klatscht und jubelt, irritiert blicke ich mich um. Wo ist Jola? Anhand ihres Fotos sollte ich sie ja erkennen können, aber ich kann sie in dem Trubel nirgends entdecken.

Hoffentlich ist es nicht die mit den Hasenzähnen!

Aber da entdecke ich sie, genauer gesagt, hat Jola mich entdeckt. Fröhlich und erleichtert darüber, dass sie in echt genauso nett aussieht, wie sie beim Chatten gewirkt hat, winke ich ihr stürmisch zu. Auch ihre Mutter und Geschwister, die offensichtlich links und rechts neben ihr stehen, sehen supersympathisch aus.

Pilar pfeift uns zur Seite, brav folgen wir ihr und stellen uns auf. Ein bärtiger Mann löst sich aus der Menge und begrüßt sie überschwänglich mit Küsschen und unendlich vielen spanischen Sätzen, von denen ich kein Wort verstehe. Dann stellt er sich uns auf Deutsch als der Deutschlehrer vor. Er heißt Paco (dürfen wir den dann auch duzen?) und sagt, wie froh er ist, dass dieser Austausch zustande gekommen ist und wie sehr er sich darüber freut, uns hier begrüßen zu dürfen.

Schließlich ruft Pilar die einzelnen Namen der Austauschschüler auf, erst den deutschen, dann den dazugehörigen mallorquinischen Schüler, begrüßt die Gasteltern mit Küsschen und verteilt Zettel. Auf diese Weise klappt die deutsch-katalanische Zusammenführung wie am Schnürchen. Daniel, Elena, Tim klappern mit ihrem Gepäck davon, Juris Austauschschüler Rubén sieht aus wie ein Doppelgänger von Prinz Harry. Das Blitzen in dessen Augen verrät, dass Juri in den kommenden Tagen garantiert jede Menge Spaß haben wird. Charlotte wird von einer hektischen Frau eilig begrüßt, Rosalie steht etwas unbeholfen daneben. Charlotte zuckt hilflos mit den Schultern, dann ist auch sie verschwunden. Nach und nach rückt die Gruppe immer enger zusammen. Julia kann ihr Entsetzen kaum verbergen, als sie das Hasenzahn-Mädchen begrüßen soll.

»Auf dem Foto sah die ganz anders aus«, murmelt sie verzweifelt. Hatte sie nach der Landung endlich Farbe im Gesicht, ist sie schlagartig wieder kalkweiß. Mit hängenden Schultern folgt sie Ninja und ihrer Mutter, einer schmalen, tiefschwarz gekleideten Frau, Richtung Ausgang. Seufzend drehe ich mich weg. Arme Julia, sie hatte sich so auf diesen Austausch gefreut. Endlich weg von ihrem eigenen Familienelend und jetzt wieder so ein Trauerspiel, auch wenn es in einer Luxusfinca stattfindet. Hoffentlich sind die nicht so traurig, wie die aussehen. Na ja, ich bin mir sicher, Julia wird das Beste daraus machen, zumindest hatten wir uns das fest vorgenommen, egal, wie mies wir es treffen würden. Ob sie es schafft, sich daran zu erinnern?

Die positivsten Gedanken bringen dir nichts, wenn du nicht willst, dass sie wirken! Klar sind manche Situationen blöd und oft auch leider unabwendbar. Wie immer lautet die Zauberformel: Mach das Beste daraus und sorge nach Möglichkeit dafür, dass es kein nächstes Mal gibt. Wenn du beim Schüleraustausch Probleme mit deiner Gastfamilie hast, besteht natürlich immer die Möglichkeit, mit deinen Lehrern zu sprechen und sie darum zu bitten, dir zu helfen und ggf. eine andere Gastfamilie zu suchen.

Aber vielleicht kannst du bereits mit deiner Einstellung das Problem lösen.

Es kommt ja auch immer darauf an, welche Schwierigkeiten du hast! Manchmal muss man auch durch … Inakzeptabel sind mangelnde hygienische Verhältnisse, sexuelle Belästigung oder wenn du keine regelmäßigen Mahlzeiten bekommst.

Folgendes kannst du außerdem tun:

1. Wenn die Tränen drücken: Raus damit und ausgeheult. Ohne Kloß im Hals denkt es sich besser.

2. Nach Möglichkeit schlafe erst mal eine Nacht darüber. Meistens sieht die Sache am nächsten Tag ganz anders aus. Und dann versuche eine sachliche Analyse.

3. In dich reinspüren: Was brauchst du, damit es dir besser geht? Was kannst du dafür tun?

4. Was lernst du daraus fürs nächste Mal?

5. Situation annehmen! Schwierig, aber hilfreich. Mit Jammern änderst du nichts, also Ärmel hoch und angepackt:

✹ Dein Gastgeber ist schüchtern und zugeknöpft? Dann mache es dir zur Aufgabe, diese Nuss zu knacken. Wie kannst du ihn aus seinem Schneckenhaus rauskitzeln? Finde es heraus!

✹ Die Gastgeberfamilie kümmert sich nicht um dich, bietet keine Aktivitäten an? Dann versuche, selbst Vorschläge zu machen, sag, dass du gerne bei der Paella-Zubereitung zuschauen willst oder dass du noch nie bei einem Stierkampf warst (wenn es dich interessiert).

✹ Dir schmeckt das Essen nicht? Dann schlag doch mal vor, deutsch zu kochen, und bewirte deine Gastgeber (Pfannkuchen oder Kartoffelsalat bekommst du sicher hin). Oder sprich deine Abneigung gegen Oliven und Fisch an und frage, ob es nicht auch Gerichte ohne diese Zutaten gibt. Was auch immer dich bedrückt – aktives Verhalten fühlt sich immer besser an, als nichts zu tun.

Konfuzius sagt:
Einen Fehler begangen haben und ihn nicht korrigieren, erst das ist ein Fehler.

Jola begrüßt mich überschwänglich mit Küsschen links und rechts, ihre Mutter Inma ebenfalls. Der dunkelhaariger Typ neben ihr stellt sich als Sergio vor, offensichtlich Jolas Bruder. Das jüngere strohblonde Mädchen ist Blanca, Jolas Schwester.

> Hä? Eine blonde Spanierin? Da muss ich wohl ganz schnell ein weiteres Klischee begraben ...

Andere Länder, andere Begrüßung:
Während sich in Bulgarien und Polen nur gute Freundinnen auf die Wangen küssen, hauchen sich Franzosen zur Begrüßung jeweils einen Kuss auf die Wange. Griechische Freunde und Verwandte nehmen sich in den Arm und küssen sich, ebenso Niederländer und Portugiesen. In Spanien dagegen sind in die Luft gehauchte Küsschen-Küsschen links-rechts üblich, nur die Wangen dürfen sich berühren. Hierzulande sind mittlerweile Begrüßungsküsschen groß in Mode und zeugen von Cliquenzugehörigkeit.

Und dann geht alles ganz schnell, Jola hakt mich links, Blanca rechts unter, Sergio schnappt meinen Rollkoffer und abermals laufen wir endlos lange Wege. Jola plappert in einer Tour, mischt Deutsch und Spanisch, sagt dann wieder etwas auf Katalanisch zu ihrer Mutter, spricht dann wieder mit mir – bis wir an einen Parkplatz gelangen, wo ein fetter Mercedes-SUV geparkt ist. Beinahe andächtig klettere ich in den GL hinein, sonst bin ich nicht der Typ, der sich von dicken Bonzenautos beeindrucken lässt, aber dieses hier ist einfach atemberaubend toll. Jola blickt mich an. Ist sie womöglich so eine verwöhnte, eingebildete Tussi, die sich sonst was auf ihre Kohle einbildet und jetzt einen begeisterten Kommentar von mir erwartet?

»¿Es nuevo?«, frage ich zaghaft, um irgendetwas zu sagen. Ich schätze mal, dieser Geländewagen ist mindestens fünf Meter lang und knapp zwei Meter breit.
»Es uno como los otros«, antwort Jola schulterzuckend. Erleichtert atme ich auf; ach so, sie meint, es ist auch nur ein Auto wie jedes andere, dann ist sie also doch normal. Ich grinse sie an.
Während der Fahrt erzählt mir Jola, dass ihr Vater Mercedeshändler auf der Insel ist und sich eine goldene Nase damit verdient, weil er all den Reichen und Schönen, die in Andratx wohnen, teure Autos verkauft. Leider fahren wir nicht dorthin, wo neben Michael Schumacher und Claudia Schiffer ein Promi neben dem anderen wohnt, sondern in die entgegengesetzte Richtung. Ich hätte gerne mal einen Blick auf die Villen erhascht, über die ich im Vorfeld schon so viele Gerüchte gehört habe.
»¿Conoces a Maria und Michael?«, fragt mich Blanca. Es folgt ein Schwall Spanisch, von dem ich nicht einen Pieps verstehe.
»¿Äh, qué dice?«, frage ich zurück. Abermals redet sie auf mich ein, diesmal mit Unterstützung von Jola und Sergio. Ich verstehe nur Bahnhof, sosehr ich mir auch das Hirn zermartere, eine Marianne geschweige denn einen Michael aus unserer Schule kenne ich leider nicht.
»Momentito.« Jola ruft ihrer Mutter auf dem Fahrersitz etwas zu, die kurz darauf fluchend in einer Parkbucht hält – mitten auf der Autobahn! Jola kraxelt nach vorne, kramt eine kleine Mappe aus dem Handschuhfach und hält mir kurz darauf eine signierte Autogrammkarte unter die Nase.
»Para Jordi con muchos besos!«, lese ich. »Von Maria und Michael.«
Jetzt kapiere ich, wen die meinen: dieses ältliche Ehepaar, Musikanten der Volksmusik aus dem Seniorenfernsehen. Aber für

meine neuen Freunde scheinen sie die Stars schlechthin zu sein, immer wieder deuten sie begeistert auf die beiden Grinsekuchen im Trachtengewand. Fragend gucke ich Jola an. Das ist nicht ihr Ernst, denke ich, die stellen mich hier auf die Probe. Bezüglich Klischees hatte ich mich ja schon vorbereitet, aber dass die ausgerechnet auf das Trachten tragende Gruselduo stehen … da bleibt mir glatt die Spucke weg.

»Alle Deutschen aquí kaufen ihre Autos bei Papa, ob Mercedes oder eine andere Marke«, erzählt Jola stolz. »Lo ves …« Sie blättert durch das Album und ich erkenne zahlreiche Promis: Claudia …! Michael …! Boris …! Wolfgang …! Dann fängt Sergio an, bewundernd über die deutschen Autos zu sprechen, zählt sämtliche Mercedes-Typen und Motoren und Klassen auf, bis mir schwindelig wird. Und ich kapiere, dass der Mercedes die wichtigste Markenbotschaft aus meinem Land enthält: Perfektion, Hightech und Zuverlässigkeit – wie wir Deutschen eben gelten.

Leider kann Inma die volle PS-Leistung aus dem GL auf der knapp einstündigen Fahrt vom Flughafen nach Puerto Pollença nicht rausholen: Auf Spaniens Autobahnen gilt eine Geschwindigkeitsbegrenzung von 120 Stundenkilometern, wegen der

> Deutsche Firmen wie Adidas, Audi, Axel Springer, BASF, Bayer, BMW, Daimler, Deutsche Telekom, Puma, Rosenthal, Siemens, Villeroy & Boch oder die Volkswagen AG genießen mit ihrer »deutschen Wertarbeit« weltweite Anerkennung, egal ob es sich um Autos, Chemie, Sportschuhe oder Porzellan handelt.
>
> Viele deutsche Firmen gehören mittlerweile zu US-amerikanischen Konzernen, wie beispielsweise der Elektrohersteller Braun oder das Haarpflegeunternehmen Wella. Denn Deutschland ist für viele ausländische Unternehmen ein attraktiver Standort. Sie finden hier gut ausgebildete Fachkräfte, hohe Kaufkraft, einen großen Binnenmarkt und für ihre Mitarbeiter eine hohe Lebensqualität.

Ölkrise zeitweise sogar nur 110. Endlich angekommen, stellt mich Jola sofort ihren Großeltern vor, die ebenfalls mit im Haus wohnen. Offensichtlich ist hier noch die Welt in Ordnung und alle Familienmitglieder leben unter einem Dach, nicht zerstreut oder in Seniorenheimen. Die abuela nickt mir wohlwollend zu, Opa Paco küsst mich herzlich ab.

> Was soll ich sagen:
> Ich fühle mich willkommen!

Jola führt mich in ihr Zimmer und schließt die Tür. »Silencio«, seufzt sie und streift sich die Sneakers von den Füßen. Dann erklärt sie mir, dass es zwar ein Gästezimmer gebe, sie es aber lustiger fände, wenn wir gemeinsam bei ihr im Zimmer schlafen würden, wir wären sowieso ständig unterwegs und ich hätte sicherlich ja auch ganz viel zu erzählen. Ich starre auf das komfortable Bett auf der gegenüberliegenden Seite, Jola starrt neugierig auf meinen Koffer. Es wäre wohl an der Zeit, meine Gastgeschenke zu verteilen. Stattdessen grinse ich verlegen, sie lächelt zurück und guckt mich erwartungsvoll an. Und plötzlich ist ganz viel Schweigen im Raum, ich weiß nicht, was ich sagen soll und habe plötzlich dringend das Bedürfnis, für einen Moment für mich zu sein.

»¿El cuarto del baño?«, frage ich deshalb höflich und stehe kurz darauf in einem freundlich ausgestatteten Gästebad, wo ich mir ausführlich die Hände wasche und mein Gesicht forschend im Spiegel betrachte. Unternehmungslustige Augen blitzen mich an, ich strecke mir die Zunge raus und freue mich, dass ich hier sein kann. Wie versprochen schicke ich meinen Eltern eine kurze SMS, dass ich gut gelandet bin und es nett getroffen habe.

Was heißt nett? Jolas Familie kocht über vor Gastfreundschaft!!! Als ich auf der Suche nach Jola durch das Haus irre, treffe ich auf Sergio, der mich sofort fürsorglich ins Wohnzimmer geleitet, wo mich lauter unbekannte Gesichter neugierig anstarren.

Allerdings kommt mir die Sofagarnitur samt Billy-Regal *sehr* bekannt vor, auch die Stehlampe in der Ecke. Kann das sein, überlege ich, dass die sich hier in Spanien einrichten wie in Schweden? Ich erinnere mich, dass wir auf dem Weg hierher an einem McDonald's vorbeigekommen sind, Sergio wie ich einen iPod besitzt und Jola Converse trägt und ein türkisfarbenes Shirt, das eindeutig aus der aktuellen H-&-M-Kollektion stammt.

Wieso trägt die kein Carmen-Top?
Was ist mit Stierkampf? Wo sind die Tapas? Wer tanzt mir im
Flamencokleid was vor?
Wo steckt der Bracero genannte Ofen,
an dem sich alle die Füße ankokeln?
Ich glaube, ich muss Spanienforscherin werden!!!

»Das Schönste an Tokio ist McDonald's. Das Schönste an Stockholm ist McDonald's. Das Schönste an Florenz ist McDonald's. Peking und Leningrad haben noch nichts Schönes«, hat Andy Warhol um 1975 herum festgestellt. Seitdem hat sich viel verändert: Leningrad heißt heute Petersburg und hat wie Peking längst einen McDonald's ...

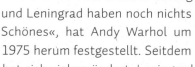

Im Zuge der internationalen Globalisierungsprozesse haben sich Mode, Essgewohnheiten und Geschmack angepasst und vereinheitlicht: Überall auf der Welt gibt es bekannte Fastfood-Ketten, bei denen du gleich schmeckende Burger und Pommes essen kannst. Ebenso gibt es europaweit Filialen von großen Bekleidungsketten wie Esprit, H & M, Zara oder Benetton – oder eben von Einrichtungshäusern à la Ikea. Internationale Hotelketten, die überall auf der Welt ihre Häuser betreiben, haben identisch eingerichtete Zimmer, damit sich ihre viel reisenden Gäste sofort heimisch fühlen und nicht lange nach dem Lichtschalter suchen müssen.

Eine junge Frau drückt mir ein Glas Cola in die Hand, Blanca hält mir eine Schüssel Chips hin.

»Hola Esina«, begrüßt mich Paco, »ven aquí.« Er deutet auf den leeren Platz neben sich und einem älteren Herrn, der ihm zum Verwechseln ähnlich sieht.

»No, aquí«, ruft Blanca und winkt mir zu.

»Sina está conmigo«, stellt Jola klar, fasst mich an die Hand und zieht mich wieder aus dem Wohnzimmer hinaus. Sie riecht nach feiner Seife und mich befällt eine riesengroße Sehnsucht nach einer riesengroßen Dusche. Stattdessen lasse ich mir nun von ihr das Haus vom Keller bis zum Dachboden zeigen: Schlafzimmer, Bad und das Zimmer von Sergio, geschmackvoll, ordentlich, eine Mischung aus Ikea, Holzmöbeln und Plüsch.

»¿Y Blanca?«, frage ich. Dann kapiere ich: Blanca wohnt für die Zeit meines Aufenthaltes im Gästezimmer, damit ich bei Yola schlafen kann, weil die beiden sich sonst das Zimmer teilen.

»Ven.« Yola zieht mich jetzt eine steile Treppe nach oben, öffnet eine schwere Eisentür und führt mich auf die Dachterrasse, wo ein riesiger Wassertank steht, auf einer Wäscheleine ein paar weiße Bettlaken wehen – und sich ein umwerfender Panoramablick auf die Bucht von Pollença auftut.

»Wow«, entflutscht es mir. »Das ist ja ...« Ich suche nach einer passenden spanischen Vokabel. *Geil*, würde ich zu Hause sagen. Aber was sagt man hier?

»Fenomenal«, meint Jola und nickt. »Si, es una maravilla ...«

Für eine Weile stehen wir schweigend nebeneinander und genießen den Ausblick, es fühlt sich gut und sehr vertraut an, wie Jola so neben mir steht. Als wäre sie schon immer meine Freundin.

Mittlerweile senkt sich die Sonne über dem Meer, der Strand leert sich. Um diese Jahreszeit scheinen wenige Urlauber hier oben an der Küste zu sein, ganz anders als in der Feiermeile S'Arenal rund um den »Ballermann«, wo das ganze Jahr über Partystimmung herrscht. Ich entdecke einen Kirchturm und eine Flussmündung und bekomme vor Staunen meinen Mund gar nicht wieder zu.

»Mañana«, grinst Jola und deutet Richtung Kalvarienberg, von dem uns Pilar bereits erzählt hat.

»Schon klar«, antworte ich und grinse zurück. Morgen nach der Schule ist natürlich eine Stadtführung angesagt.

Zurück im Wohnzimmer, genieße ich das, was man wohl gemeinhin als katalanische Gastfreundschaft bezeichnet: Alle kümmern sich herzlich um mich, fragen, ob mir die Albondigas und die Tortilla schmecken, reichen mir Chips und Oliven, schenken mir pausenlos Cola nach. Spanische Vokabeln schwirren an meinem Ohr vorbei, ich verstehe nur einen Bruchteil. Ab und zu schnappe ich die Wortfetzen »Alemania« und »cerveza« auf, Deutschland und Bier.

Und da war sie wieder, die Klischeekiste!

Also tue ich ihnen den Gefallen, serviere meinen Marmorkuchen und erzähle von Deutschland. Zunächst stelle ich klar, dass es durchaus sehr gute Weinanbaugebiete gibt und Bier nicht unser Nationalgetränk ist, schon gar nicht von den Bewohnern des Rhein-Main-Gebietes … Als ich Paco darauf hinweise, dass die Menschen in Andalusien ja sicherlich auch andere Gewohnheiten haben mögen als die Katalanen rund um Barcelona, nickt er nachdenklich und kapiert.

Dann krame ich den Bildband hervor und erzähle, unterstützt von Jola und Sergio, der selbstverständlich auch ein paar Worte Deutsch kann, von meiner Heimat. Es ist ein seltsames Gefühl, bei über zwanzig Grad im Schatten von dem rauen Klima der Nordsee und unseren Sommerurlauben dort zu berichten, von Wattwanderung, Dünen und Seehunden. Prompt ernte ich ungläubige Blicke, als ich erzähle, dass wir dort im Meer schwimmen gehen und uns in Strandkörben gegen den Wind verstecken. Für die verfrorenen Spanier scheint dies unvorstellbar zu sein, wie ich belustigt bemerke. Dagegen interessieren sie sich sehr für Berlin, fragen mich alles über Trabbis, Mauerfall und Wende, aber sorry, da war ich noch nicht einmal auf der Welt! Die Grenze und DDR, all das sagt mir kaum etwas, ich bin damit groß geworden, neue Bundesländer zu sagen, über Arbeitslosigkeit im Osten zu diskutieren und selbstverständlich die Buchmesse in Leipzig zu besuchen.

Dann wollen alle wissen, wie ich lebe, wie meine Eltern heißen und was sie arbeiten. Ich zeige meine Fotos und spüre plötzlich eine warme Welle in meinem Bauch. Heimweh ist es nicht, eher das gute Gefühl zu wissen, wo mein Zuhause ist, dass meine Eltern immer für mich da sind und mir jetzt diesen Aufenthalt und diese Erfahrung hier ermöglichen – im Vertrauen darauf, dass es richtig und gut ist.

Jola scheint meine Gefühle zu ahnen, ich spüre ihre Hand auf meiner Schulter. Dankbar greife ich danach und drücke sie.

Habe ich ein Glück!

Als Jolas Vater Jordi nach Hause kommt, gibt es eine lautstarke Begrüßung. Señor de la Riva spricht fließend Deutsch und begrüßt mich aufs Herzlichste.

> Aus der Distanz, persönlich, räumlich oder zeitlich, lassen sich manche Dinge einfach besser wahrnehmen: Plötzlich siehst du etwas mit ganz anderen Augen! So geht es auch den Menschen, die im Ausland leben und mit einem Mal alles als fremd und anders erfahren, in Bezug auf ihren Lebensalltag und ihre Freunde, aber auch in Hinblick auf Institutionen (Schule, Behörden, Krankenversicherung) oder Kultur (Lebensformen, moralische Werte, Tagesablauf, Bildung). Oft erfahren sie auf diese Weise sehr viel über sich und ihre aktuelle Lebenssituation in ihrer Heimat. Eine wertvolle Erfahrung für die Zukunft, um deinen persönlichen Weg zu finden.

»Wie schön, dass du bei uns bist, Sina«, ruft er überschwänglich und küsst mich ab. »Es wird höchste Zeit, dass meine beiden hier mit der deutschen Sprache in Berührung kommen. Sergio ist ein fauler Kerl ...« Er knufft seinen Sohn liebevoll in die Seite. »Normalerweise sprechen wir hier Catalán, aber dir zuliebe reden wir Castellano ...«
»Schon klar ...«, rutscht es mir raus.
»Und wenn etwas ist, kannst du dich jederzeit an mich wenden.« Er nickt mir noch einmal zu, dann lässt er einen Wortschwall auf seinen Schwager und seine Eltern ab und ich kapiere: Das ist jetzt nicht für meine Ohren bestimmt.
»Papa hat eine Zeit lang in Deutschland gearbeitet, bei Mercedes, wo sonst«, erzählt mir Jola und rollt die Augen. »Aber die Sehnsucht nach der Heimat wurde größer und größer. Beinahe wäre er in Andalusien gelandet, wegen Mama.« Sie nickt Richtung Inma, dann erzählt sie, dass ihre Mutter aus Granada, also vom spanischen Festland, kommt und manchmal riesiges Heimweh hat. »Die Mallorquiner sind ihr zu streng«, sagt sie. »Wenn Mama schlechte Laune hat, schimpft sie darüber und meint,

da könne sie ja gleich nach Deutschland zu den *cuadriculados* ziehen.«

Ich grinse in mich hinein und muss an das denken, was wir vor der Abfahrt lange diskutiert haben: Gibt es wirklich so etwas wie eine deutsche Mentalität? Eine kulturelle Gemeinsamkeit, die wir alle teilen? Vielleicht musste ich wirklich erst ins Ausland fahren, um das zu erfahren.

Nach einer kurzen, traumlosen Nacht sitze ich am nächsten Morgen verschlafen am Frühstückstisch.

Jetlag?!

»¿Quieres un Cola-Cao?« Jola und stellt mir ein Glas Milch hin.

»Igitt, wer trinkt denn Milch mit Cola!«, rufe ich entsetzt. Ich fühle mich zwar alles andere als wach, aber einen Cola-Kick am Morgen: nein, danke.

Sergio, der gerade frisch geduscht zur Tür hereinkommt, will sich über meine Antwort kaputtlachen.

»Da ist doch keine Cola drin«, grinst Blanca und stellt mir eine gelbe Dose mit einem roten Deckel hin. »Simplemente Kakaopulver, lo ves.«

»Prueba lo«, ermuntert mich Inma, »y las *Marías* también.« Jolas Mutter reicht mir einen Teller Kekse an.

Also mache ich es wie Jola und Blanca, mische meinen Frühstückskakao (denn genau das war gemeint), tunke einen Keks hinein und lutsche ihn ab.

»Schmeckt lecker«, rutscht es mir mit krümelsprühendem Mund heraus. Insgeheim überlege ich, wie ich meine Mutter dazu bringe, mir in Zukunft ein spanisches Frühstück zuzubereiten und das Müsli im Glas zu lassen.

Wie sich später dann herausstellt, gehöre ich zu den Glücklichen, die überhaupt zu Hause gefrühstückt haben. Juri hat sich natürlich am Hotelbuffet bedienen dürfen und bei Pia und Jolina in der Jugendherberge gab es Kaffee und Hörnchen.

> Andere Länder, andere Sitten, das gilt vor allem für die Essgewohnheiten. Während wir in Deutschland meistens Müsli oder Honigtoast frühstücken, gibt es in England eher etwas Deftiges (eggs and bacon), in China etwas Warmes (Hühnersuppe), in Frankreich das obligatorische Croissant mit Milchkaffee und in Spanien höchstens ein süßes Teilchen. Soll jeder machen, wie er es mag und wie es ihm guttut. Fakt ist, dass wir mit der ersten Mahlzeit am Tag die über Nacht verbrauchte Energie wieder auftanken müssen, sonst fallen wir vormittags in der Schule in ein Leistungstief oder essen später mit Heißhunger zu viel Süßes.

Morgens wie ein Kaiser, mittags wie ein König, abends wie ein Bettelmann – dieses »Essensmotto« gilt wohl nur bei uns in Deutschland.

Aber Charlotte und Julia stehen jetzt mit knurrendem Magen an der Tür zu »unserem« Klassenzimmer. Beide jammern herum, die eine wegen Heimweh, die andere wegen der Unterkunft.
»Stell dir mal vor, ich hatte gar keine richtige Decke«, flüstert mir Julia hinter vorgehaltener Hand ins Ohr. »Und das Wasser unter der Dusche heute Morgen war eiskalt, weil der Gasboiler nicht richtig funktionierte. Das ist eine total abgewrackte Finca

aus dem vorletzten Jahrhundert, wenn du mich fragst. Und der Pool ist eine abgestandene Brühe, da bringen mich keine zehn Pferde rein.«

»Bei uns war das Wasser auch eisekalt«, winkt Pia ab. »Macht frisch, deshalb konnte Jo ihren stinkigen Deoroller stecken lassen.« Sie knufft Jolina liebevoll in die Seite und die erzählt mir kichernd, wie ihr ihr Deoroller auf den versifften Boden gefallen ist und nicht sauber zu kriegen war.

»Sonst hättest du jetzt echt Irish Moos unter den Achseln ...«, ulkt Juri.

»Aber das Shampoo lässt sich gar nicht richtig aus den Haaren waschen«, jammert Julia weiter, die heute Morgen überhaupt nicht lachen kann. Sie zieht verzweifelt an einer Strähne. »Sieh doch mal mein Styling, das kannst du voll vergessen.«

Verständnislos gucke ich sie an. Hat Julia keine anderen Probleme, als sich über ihren Look aufzuregen? Wir haben gleich acht Stunden Unterricht, erst nach der dritten eine richtige Pause. Das ist für mich ein echter Aufreger.

»Dann kommst du heute Abend zu mir zum Duschen«, schlage ich vor, um sie zu beruhigen. Jola wird sicher nichts dagegen haben, sie hat bereits angedeutet, dass Ninjas Familie sehr eingeschränkt leben muss, wie sie sich ausgedrückt hat. Die Mutter ist seit einiger Zeit Witwe, hat nichts auf der Kante und muss vier Kinder durchbringen.

»Ja und?«, habe ich sie gefragt. »Die bekommt doch sicher vom Staat jede Menge Unterstützung?« Bekommt sie eben nicht, wie ich jetzt weiß, das ist in Spanien mit den Bezügen anders geregelt als bei uns. Und offensichtlich gibt es wie überall auf der Welt auch hier noch sehr traditionelle Ansichten, dass eine Frau ohne Mann nichts wert ist, egal wie viel sie arbeitet und wie sehr sie sich bemüht, ein »ordentliches« Leben zu führen.

»Ich weiß nicht, ob die mich einfach so weglassen«, wispert mir Julia ins Ohr, weil Ninja uns böse anguckt. Offensichtlich hat sie gerafft, dass wir über sie sprechen. »Aber mir fällt bestimmt etwas ein ...« Sie grinst mich verschwörerisch an und marschiert dann vor mir in den Klassenraum, wo uns gefühlte hundert Augen erwartungsvoll anstarren.

Herz verloren ...

Der Vormittag will und will nicht vorübergehen, qualvoll ziehen die sechzigminütigen(!) Unterrichtsstunden an mir vorbei – ich verstehe nur Spanisch. Nach dem vierten Mal vorstellen wird selbst der lustigste Versuch, unsere Namen nachzusprechen, langsam öde (»Esina«, »Cholina«, »Chulia«, »Karlotte«, »Churi« ...) Die Lehrer sind zwar allesamt freundlich und aufgeschlossen, interessieren sich dann aber doch viel mehr für ihren Frontalunterricht als für die Gastschüler aus dem fernen Deutschland. Überhaupt sind sie viel strenger als bei uns, weder Kaugummikauen noch Handys sind erlaubt, wer aufs Klo will, wird mit Blicken derart aufgespießt, dass einem das Pieseln glatt vergeht. Nur Señor Gonzalez, der Erdkundelehrer, ist total nett und fordert uns auf, den Geografie-Test mitzumachen. Ohne Note, wie er scherzt, dennoch zeigt er sich von unserem Wissen über Spanien tief beeindruckt. Das wird Pilar freuen, schließlich hat sie von Anfang an Wert darauf gelegt, dass wir uns mit Land und Leuten besonders gut auskennen. Richtig lustig wird es aber, als Juri seinerseits anfängt, Señor Gonzalez Fragen über Deutschland zu stellen und dieser leider überhaupt nicht gut Bescheid weiß, weder über die neuen Bundesländer noch über das Heidelberger Schloss oder die Loreley. Oder tut der nur so?
Später dann fangen Jolina und ich aus lauter Langeweile an, Käsekästchen zu spielen, die Jungs zocken Doppelkopf. Sebasti-

an und Julia schreiben den heutigen Erlebnisbericht. Ich frage mich: WAS schreiben sie auf? Dass sie seit Neustem miteinander flirten?!

»Hört das denn nie auf«, jammert Julia, als wir auf dem Weg in die Biblioteca sind, wo uns der Schuldirektor erwartet.

»Heute nur bis 16 Uhr«, antwortet Juri schulterzuckend. »Immer noch besser als Frau Müller-Rochefoucauld, was, Esina?« Er knufft mich neckisch in die Seite.

»Erinnere mich bloß nicht daran«, stöhne ich. Unsere allseits beliebt-beleibte Französischlehrerin hat mir freundlicherweise und nur zu meinem Besten, wie sie betonte, eine extra Lerneinheit Französischvokabeln mit auf die Reise gegeben, damit ich das nicht verliere, was ich mir so mühsam aufgebaut habe.

»Hoffentlich wird die Stadtbesichtigung nachher spannender«, meint Jolina und blickt sich suchend umher. Doch Rubén, der Austauschschüler von Juri, in den sie sich gleich nach der Landung verguckt hat, ist nicht in der Gruppe dabei. Dafür laufen Jola, Rosalie und Gemma gleich vor uns und zeigen uns den Weg durch das moderne Schulgebäude.

»Bienvenidos«, begrüßt uns der Schuldirektor überschwänglich und reicht jedem Einzelnen von uns die Hand. Neben ihm steht eine junge Frau, ganz in Rot gekleidet, die uns ebenfalls freundlich ein »Hola qué tal« entgegenlacht.

»Es la ceremonia oficial«, wispert Jola in mein Ohr. »Solch ein leckeres Mittagessen bekommen wir sonst nie.« Grinsend deutet sie auf das aufgebaute Buffet, auf dem sich allerlei Köstlichkeiten von Tortilla bis Flan häufen.

»Aber vorher müssen wir wohl noch ein paar Fragen über uns ergehen lassen, fürchte ich«, flüstere ich zurück und deute auf die aufgebauten Kameras und eine zierliche Spanierin mit einem riesigen Mikro in der Hand.

»Kommen wir etwa ins Fernsehen?«, fragt Julia verzweifelt. Dezent versucht sie, sich in den Hintergrund zu drücken, während ich prompt das Mikro unter die Nase gehalten bekomme.

»¿Te gusta aquí? ¿De dónde eres? Venga, animo, puedes contestar en alemán«, prasselt es auf mich ein.

Also antworte ich brav, dass ich Pollença bezaubernd finde, mich mit Jola bestens verstehe und mich auf die Stadtführung heute Nachmittag freue. Juri kichert nur albern herum, als er gefragt wird, was bisher sein schönstes Erlebnis auf Mallorca war. Sebastian dagegen plaudert profimäßig auf Spanisch drauflos, fehlerfrei, sodass ich vor Neid erblasse. Wenn er irgendwelche blöden Gefühle wegen seiner Mutter dabei hat, so lässt er sich das nicht anmerken, im Gegenteil, er wirkt völlig gelöst und froh.

So gut möchte ich auch eines Tages Spanisch können!

Zwei Tage später ist es so, als gehöre ich hierher. An die langweiligen Schulstunden haben wir uns mittlerweile gewöhnt, auch an die winzigen Paella-Portionen in der Mensa. Dafür wird spät abends umso opulenter gegessen – eine Tatsache, an die sich mein Magen erst noch gewöhnen muss, ebenso wie daran, immer mit mindestens zehn Leuten gemeinsam am Tisch zu sitzen.

> In Spanien, wie in vielen anderen südlichen Ländern (z. B. Italien, Portugal) auch, ist es üblich, mittags eine längere Mittagspause einzulegen und eine warme Mahlzeit zu sich zu nehmen. Am späten Nachmittag gibt es dann noch mal eine kleine Zwischenmahlzeit, bestehend aus einem Sandwich oder Keksen. Das richtige Abendessen wird gegen 20:00-21:00 Uhr eingenommen, meist im großen Familienkreis.

SIESTA ...

Ich fühle mich bei de la Rivas pudelwohl und fast wie zu Hause, nur das ewige Autogelaber geht mir auf den Keks. Keine Spur von *morriña* wie bei Charlotte, die vor Heimweh fast vergeht und jeden Tag zehn SMS nach Hause schickt. Mir dagegen kommt es so vor, als wäre ich schon immer hier gewesen – und als könnte ich noch wochenlang so bleiben. Und dank des regelmäßigen Basketballtrainings (jeden zweiten Tag!) mit Jolas Mannschaft bleibe ich auch fit.

Wenn sich Heimweh in deinen Reisekoffer eingeschlichen hat, hilft dir Folgendes:

- ❏ Foto von deinen Lieben betrachten und dich von den guten Gedanken an sie beflügeln lassen.
- ❏ Simsen, Skypen, Mailen, Telefonieren: Du bist ja nicht aus der Welt!
- ❏ Neue Leute kennenlernen ist das beste Mittel gegen Einsamkeit.
- ❏ Von zu Hause erzählen und über deinen Kummer sprechen.

Einziger Traurigkeitstropfen: Yannis fehlt mir, die alte Nörgelbacke!

Für heute ist ein Ausflug in die Hauptstadt Palma geplant. Gemeinsam mit unseren Austauschschülern – und natürlich Pilar und Paco – sitzen wir aufgeregt im Bus und können es kaum erwarten, endlich auf der Insel das zu erleben, von dem uns alle vorgeschwärmt haben. Neben der Stadtbesichtigung und dem Besuch im Miró-Museum haben wir noch zwei Stunden Zeit zum Shoppen – die Ausbeute in Pollença ist diesbezüglich nämlich nicht so erquicklich. Deswegen habe ich mit Jola, Julia und Jolina verabredet, dass wir uns bei *Camper* ein paar Schuhe aussuchen und gucken, ob wir was bei *Desigual* entdecken. Wie es aussieht, werden uns Rubén, Gemma und Ramón beratend zur Seite stehen.

Zuerst müssen wir jedoch die Kathedralen-Besichtigung mit einer sachkundigen Führung über uns ergehen lassen, worüber alle stöhnen. Die haben noch nicht mit meinem Vater alte Kirchen besichtigt, denke ich innerlich grinsend und erinnere mich an die vielen Ausflüge, bei denen Papa eine Kathedrale nach der anderen auf seinem Stadtplan abgehakt hat. Von ihm habe ich allerdings gelernt, auf die Feinheiten der Bauten zu achten, ob romanisch, gotisch oder barock, auf die Details der Kirchenfenster und Kuppeln, auf den Altar … und seit meinem Erlebnis mit den Schutzengeln schaue ich mir auch die Engelstatuen in den Nischen genauer an, wie sie dargestellt sind, welche Farbe ihre Kleider haben, welche Geschichten sie erzählen …

Das Rosettenfenster von La Seu ist und bleibt einfach der Hammer!

An der Hand von Jola, die sich nicht sonderlich für die Kirche interessiert, weil sie hier schon gefühlte hundert Mal war, wie sie augenrollend erzählt hat, laufe ich durch das hohe Gemäuer. Selbst Juri schweigt angesichts der imposanten Architektur, die vor vielen, vielen Jahrhunderten erdacht wurde, und Julia kriegt sich gar nicht mehr ein über das viele Gold.

»Pssst, ven conmigo«, flüstert mir Jola plötzlich ins Ohr und zieht mich dichter zu sich ran. »Y tus amigas también.«
Rubén, Gemma und noch ein paar winken uns heimlich zu sich und machen Zeichen, uns hinter einer der schmalen Säulen zu verstecken.
Fragend blicke ich Jola an. »Was habt ihr vor?«
Doch Jola hält sich nur den Zeigefinger vor den Mund. Als unsere Gruppe samt unseren Lehrern und der Führerin endlich im Seitenschiff verschwunden ist, schiebt sie mich zurück Richtung Ausgang, die anderen folgen uns kichernd.
»No te preocupes, die treffen wir später«, sagt Gemma, »sollen die doch Kirchenglocken läuten hören, vamonos al S'Aigó para tomar ensaimadas con chocolate.«
»Das könnt ihr doch nicht bringen«, protestiere ich schwach. Pilar wird uns die Hölle heißmachen und nie wieder einen Schüleraustausch organisieren, wenn sie von dieser Aktion erfährt.
»Komm, Sina, sei nicht so tantenhaft«, meint Jolina, die meinen skeptischen Blick bemerkt.
»Ven, ihr bekommt eine Stadtführung à la VIP mit Geheimtipp«, grinst Jola.
Mittlerweile weit genug von unserer Herde entfernt, treten Julia, Jolina, Sebastian und Juri kichernd und johlend durch die breite Holztür wieder ins Helle, unsere katalanischen Austauschschüler vorne dran.
Und ich trotte einfach den anderen hinterher, geplagt von tausend Gewissensbissen. Gehe ich mit, bekommen wir Ärger, bleibe ich hier und verpetze die anderen, gelte ich als Spaßverderberin. Um Zeit zu gewinnen, bücke ich mich erst einmal und binde meine Schuhe fester, erst den einen, dann den anderen. Als ich wieder aufstehe und den anderen folgen will,

kann ich niemanden mehr erblicken, weder Jolinas kurze Minirockzipfel noch Gemmas bunte Tasche.

Was nun? Erschrocken gucke ich mich um. Die anderen aus meiner Gruppe stecken jetzt garantiert in den Tiefen der Sakristei, die finde ich garantiert nicht wieder. Mal abgesehen davon, dass ich ohne Eintrittskarte gar nicht mehr reinkomme und die Schlange am Eingang schier endlos zu sein scheint. Jola zu suchen, macht aber auch keinen Sinn, weil ich mich in den engen Gassen unmöglich zurechtfinde. Sagte sie was von einer Chocolatería? S'Aigó, oder wie war noch mal der Name? Davon gibt es in Palma garantiert unzählig viele! Und wie soll ich, deutsches Tourimädchen ohne (Stadt-)Plan, diesen Geheimtipp finden?

> **Verlaufen** – und nun? Am besten ist es natürlich, ihr habt vorher besprochen, was zu tun ist: Bleiben, wo du bist, oder zurück zum Bus gehen oder alleine bis zum Ziel weiterfahren/-laufen oder bis zu einem verabredeten Treffpunkt. Noch besser, du hast ein Handy dabei und kannst dich melden (am besten immer gleich die Nummer des Betreuers abspeichern). Wenn weder eine Absprache getroffen worden noch ein Telefon vorhanden ist, ist es tatsächlich am besten, du bleibst nach Möglichkeit erst mal dort, wo du »verloren gegangen« bist, und bewegst dich nicht vom Fleck. Bei öffentlichen Gebäuden solltest du dich am Infopunkt oder an der Kasse melden; bist du in einer dubiosen Gegend gelandet, bringe dich unbedingt in Sicherheit und verschwinde hier so schnell wie möglich. Taxifahrer, Geschäftsinhaber und natürlich jede Polizeidienststelle helfen dir immer weiter, wenn sie merken, dass du in Not bist und dich verlaufen hast.

Verzweifelt laufe ich auf dem Vorplatz auf und ab. Jola oder Julia wird schon auffallen, dass ich fehle, und dann kommen sie zurück, versuche ich, mich zu beruhigen. Sicherheitshalber behalte ich auch den Ausgang der Kathedrale im Auge, um notfalls Pilar und die anderen abzupassen. Doch je länger ich warte, desto mehr Zweifel befallen mich, ob die Gruppe nicht doch den anderen Ausgang genommen hat. Und was ist mit Julia und Jola? Fühlen sie sich nicht als meine Freundin und meine Gastgeberin für mich verantwortlich und suchen nach mir? Noch schlimmer als die Wut darüber ist jedoch der Ärger über mich selbst, dass ich mich zu dieser Aktion habe mitreißen lassen. Spaßbremse hin oder her, ich finde, Pilar hat es nicht verdient, dass wir ihr solch einen Schrecken einjagen. Sie hat so engagiert für diesen Schüleraustausch gekämpft und sich mit allen Mitteln dafür eingesetzt, wenn das jetzt schiefläuft und sie jede Menge Ärger bekommt, nur weil ein paar Schüler eine private Stadtbesichtigung machen wollten, kann sie künftige Austauschprojekte knicken.

Hoffentlich kann ich das wiedergutmachen!

In meinen verzweifelten Gedanken versunken, merke ich erst in letzter Sekunde, dass sich jemand hinterrücks an meiner Tasche zu schaffen macht.
»Vete a la mierda«, schreie ich und trete wild um mich und der junge Typ, der mich beklauen wollte, rennt jetzt davon. Wie gut, dass mir Jola ein paar passende Schimpfworte beigebracht hat! Denen lasse ich jetzt freien Lauf. Auch wenn das Unglück gar nicht so groß gewesen wäre – mein Geld trage ich nämlich in meiner Hosentasche und eine Digitalkamera habe ich gar nicht erst dabei.

Taschendiebe lauern überall, in Großstädten, auf Bahnhöfen, Flughäfen, Flohmärkten, Konzerten ... dazu musst du gar nicht erst ins Ausland reisen. Damit du kein gefundenes Zielobjekt abgibst, beachte Folgendes:

- Kleide dich angemessen, luxuriös in der Oper, casual in der City.
- Meide abgelegene Gegenden, wenn du dich nicht auskennst.
- Sei nach Möglichkeit nicht alleine unterwegs.
- Funkelnde Klunker, fette Armbanduhren und teure Taschen signalisieren ganz klar: Da hat jemand Kohle.
- Große Scheine, Kreditkarte, Ausweise gehören in einen Geldgurt, den du direkt am Körper unter deiner Kleidung trägst.
- Umhängetasche oder Rucksack solltest du direkt am Körper tragen und die Reißverschlüsse verdeckt halten.
- Schlüssel und Handy in die Hosentasche!
- Bauchtaschen und Umhängegurte sind im Gewühl schnell durchgeschnitten. Aufpassen!
- Schreie und wehre dich, in den meisten Fällen lässt der Dieb dann von dir ab. Lege dir ruhig die passenden Formulierungen zurecht, auf Deutsch (»Hau ab! Lass das! Verpiss dich!«) oder in der Landessprache, egal, Hauptsache, du wirst laut.
- Sollte es hart auf hart kommen und jemand bedroht dich mit einem Messer, um an dein Geld zu kommen: Rücke es raus und diskutiere nicht! Dein Leben und deine Gesundheit sind wichtiger als dein Geld. Erstatte bei der nächsten Polizeidienststelle Anzeige.

Einige rot verbrannte Touristen in Boxershorts gucken erschrocken zu mir herüber, ein älterer Spanier flucht irgendetwas vor sich hin. Na klasse, mutterseelenallein mitten in Palma de Mallorca und auch noch beklaut, das wäre es gewesen. Ich habe überhaupt keine Zeit, weiter darüber nachzudenken, was ich als Nächstes tun soll, denn plötzlich fasst jemand nach meiner Hand und zieht mich einfach in seine Arme.
»Hola Sina, que tal?«, höre ich eine vertraute Stimme in meine Haare flüstern. »¡Qué alegría!«
»Mateo!«, jubele ich nach der ersten Schrecksekunde. »Das glaube ich nicht, was machst *du* denn hier?« Ich rücke ein Stück von ihm ab, um mich zu vergewissern, dass es wirklich *mein* Mateo ist, den ich vor einigen Monaten bei meinem Aufenthalt in der Model-Villa von Grace und den Zwillingen kennengelernt habe. Damals waren wir in einem Dorf mitten in den Alpujarras, mutterseelenalleine und nicht wie hier im Massentouristentrubel. Damals sind wir endlos auf verschlungenen Pfaden durch die Natur marschiert, haben gemeinsam Eintopf bei seiner Tante gefuttert und eine wunderschöne Zeit verbracht. Zum Abschied

hatten wir jedoch noch nicht einmal die Handynummern ausgetauscht, was ich im Nachhinein bitterlich bereut habe. Denn die Adresse seiner Eltern, die eine Sprachschule hier auf Mallorca betreiben, habe ich dumme Nuss irgendwo zwischen meinen Model-Unterlagen verschlampt, die in einer Ecke meines Zimmers vor sich hin gammeln.

Ich habe oft an ihn gedacht …

»Dass ich dich hier wiedertreffe, hätte ich auch nicht gedacht«, freut sich Mateo, lacht über das ganze Gesicht und mustert mich ungeniert ausführlich von oben bis unten. »Du bist noch hübscher geworden, seit wir uns das letzte Mal gesehen haben …«
Abermals zieht er mich in seine Arme, diesmal lasse ich es geschehen. Lasse es zu, dass sich mein Bauch plötzlich anfühlt, als wäre ich in tausend Seeigel getreten, vor denen sie uns am Strand von Pollença gewarnt haben. Lasse es zu, dass er mich noch fester an sich zieht und zärtlich meinen Nacken streichelt. Ich erwidere seine Umarmung, atme seinen vertrauten Geruch, von dem ich nicht wusste, wie sehr er mir gefehlt hat, schließe die Augen und vergesse alles um mich herum, es gibt nur Mateo und mich, mitten auf dem Vorplatz von La Seu, mitten in Palma, mitten auf Mallorca, mitten im Meer, mitten in der Welt …
Ich weiß nicht, wie lange wir so eng umschlungen dagestanden haben, wie viele Touristen uns neugierig angestarrt, wie viele Trickdiebe in der Zwischenzeit versucht haben, meine Tasche zu klauen. Wie in Zeitlupe lösen wir uns irgendwann voneinander, ich erwache wie aus einem Traum und denke – gar nichts.
»Ven, ich lade dich zum weltbesten Schokoladeneis ein«, sagt Mateo mit rauer Stimme, legt wie selbstverständlich seinen Arm um meine Schulter und führt mich aus der Menge heraus. Ohne

weiter darüber nachzudenken, folge ich ihm, schmiege mich an seine Schulter und spüre seinen Hüftknochen an meinem, während wir eng umschlungen im Gleichschritt durch unzählige Gassen laufen, vor Ampeln stehen bleiben, Straßen kreuzen. Wir sprechen kein Wort miteinander und doch kommt es mir so vor, als wäre zwischen uns ein endloses Gespräch, wir wissen alles voneinander. Damals in den Alpujarras, wenn es meine knapp bemessene Zeit als Model in spe zugelassen hat, haben wir uns gegenseitig stundenlang aus unserem Leben erzählt. Jetzt müssen wir nicht reden.

In den letzten Monaten habe ich mir nichts sehnlicher gewünscht, als dass ich ihn wiedersehen werde, und gleichzeitig hatte ich Bammel davor. Bammel, dass genau das mit mir passiert, was nun eingetreten ist: Ich fühle Nähe, Vertrautheit und Selbstverständlichkeit. Es geht mir durch und durch, ehrlich gesagt, so etwas habe ich bei Yannis noch nie gespürt.

Mit Yannis ist es eine andere Art der Vertrautheit, eher wie mit einem Bruder. Yannis ist mein bester Kumpel, von Kindheitstagen an, Babyschwimmen, Radfahren, Inliner, Englisch, Pickel, Knutschfleck ... wir kennen uns in- und auswendig, krank und kotzend genauso wie fröhlich und vergnügt, schlecht gelaunt wie vor Freude sprühend, mit Eltern- und Schulsorgen, Taschengeldnöten, Brudertrouble, Cliquenstress ... Ehrlicherweise muss ich zugeben, dass ich mir insgeheim längst ausgemalt habe, wie es wäre, mit Mateo zusammen zu sein. Ich habe mit niemandem darüber gesprochen, weder mit Milli noch Kleo, und ein bisschen komme ich mir gemein vor, weil ich Yannis auf diese Weise hintergehe. Aber die Antwort war für mich ganz schnell gefunden:

Erstens hatte ich keine Adresse von Mateo. Zweitens lebt Mateo kilometerweit entfernt von mir entfernt. Eine Fernbeziehung?

Wie soll die funktionieren? Und drittens komme ich von Yannis einfach nicht los, so nölbackelig er manchmal sein kann, ich bin einfach gerne mit ihm zusammen und kann mir ein Leben ohne ihn einfach nicht vorstellen.

> Sina ohne Yannis geht genauso wenig wie Yannis ohne Sina.

Denke ich diese Gedanken, als ich jetzt neben Mateo durch Palma laufe?
»Deja pensar«, sagt Mateo, als ob er wüsste, was in mir vorgeht. »Lass es einfach geschehen …« Er ist stehen geblieben und schaut mich forschend an, wir befinden uns in einer engen Gasse. Über uns flattert Wäsche auf den Leinen, eine Frauenstimme singt, irgendwo brummt ein Auto, die Luft flirrt vor Hitze. Mateos Finger streichen zärtlich eine verschwitze Strähne aus meinem Gesicht, haken sie hinter meinem Ohr fest und fahren dann am Wangenknochen entlang zu meinem Kinn, um von dort meinen Mund zu umkreisen. Dann wandern sie weiter, meinen Hals hinunter, mein Dekolleté entlang und bleiben in meinem Nacken liegen. Ich stehe stocksteif da, wage nicht, mich zu bewegen, doch mein Herz bollert, mein Atem geht stockend.

Ich erwidere Mateos Blick, spiegele mich in seinen dunklen Augen, sehe eine wunderschöne, selbstbewusste, strahlende Sina, die weiß, was sie will … und muss prompt an Yannis denken und wie sich damals mein erster Pickel in seinen Augen gespiegelt hat. Yannis, Mateo, Mateo, Yannis, Mateo, es gibt nur mich und ihn, ich spüre nur eins: Ich muss jetzt küssen und geküsst werden, sonst verglühe ich auf offener Straße.

FATA MORGANA

»No pienso …«, wiederhole ich leise und dann bin ich es, die sich zu Mateo beugt und ihn küsst, als ob es Yannis wäre. Mateo scheint darauf gewartet zu haben, leidenschaftlich drängt er sich jetzt an mich, ich spüre ihn am ganzen Körper, seine Hände auf meinem Rücken, auf meiner Haut. Ich lasse mich mitreißen, küsse, streichele zurück, wir halten uns fest, bis uns beiden die Puste ausgeht.

»Querida mia … Te quiero«, murmelt Mateo. Und dann noch endlos viele Worte, die ich leider nicht verstehe, die aber sehr zärtlich klingen.

In diesem Moment rattert ein Motorrad an uns vorbei und holt uns in die Wirklichkeit zurück.

»Te quiero también«, flüstere ich, »pero …«

»Lo se, tienes un novio«, antwortet er und nickt. »Erzähle ihm nichts von uns, das … er würde es nicht verstehen. Tue ich ja selber auch nicht.« Mateo grinst mich an, fasst mich an der Hand und wir laufen weiter, als ob nichts geschehen wäre. Wahrscheinlich hat er recht und ich muss diesen Kuss niemandem beichten.

»Da vorne ist es«, sagt er, lässt meine Hand los und deutet auf einen verschnörkelten Kacheleingang. »Palmas älteste Chocolatería aus dem Jahr 1700: C'an Joan S'Aigó. Komm, ich lade dich zu einer horchada ein. Oder magst du lieber ein Schokoeis?«

Irritiert taste ich nach meinen glühenden Lippen und blicke ihn verwundert an. Wie kann er jetzt ans Eisessen denken? Als wir den Laden betreten, kapiere ich dann auch, wieso er plötzlich von leidenschaftlich auf normal umgeschwenkt hat: Mateo wird von dem Personal mit großem Hallo begrüßt, ich schnappe die Worte »novia« und »boda« auf, aber Mateo schüttelt den Kopf. Offensichtlich erklärt Mateo jetzt, dass er nicht heiraten wird, aber dafür mich armes Touristenmädel aufgelesen und in Sicherheit gebracht hat, denn plötzlich starren alle zu mir herüber.

»Ah, Esina, la han buscado«, sagt der eine Camarero und deutet auf einen verlassenen Tisch, auf dem sich leer gefutterte Eisbecher und Teller türmen. Schnell zückt er sein Handy, tippt eine Nummer von einem Zettel und spricht hinein. »Cinco minutos«, nickt er dann zufrieden und bedeutet mir und Mateo, Platz zu nehmen.

Gedankenversunken schlecke ich an meinem Schokoladeneis, das ich mit einem Mal in der Hand halte, ich verstehe immer noch nicht, was da gerade mit mir passiert. Und warum Mateo mich ausgerechnet hierhin gebracht hat.

»Du wolltest heiraten?«, frage ich und ziehe ihn ein Stück zur Seite. »Davon hattest du mir gar nichts erzählt ...«

»Da gibt es auch nichts weiter zu erzählen«, antwortet er und seufzt. »Damals, in Bubión, wollte ich in Ruhe über meine Beziehung zu Conchita nachdenken, bevor ich dann endgültig mit ihr Schluss gemacht habe. Na ja und dann habe ich dich kennengelernt und mir wurde einiges klar ...« Mateo lächelt mich an, wieder bekomme ich tausend Seeigelstiche. Er greift nach meiner Hand. »Ich freue mich so, dass ich dich wiederhabe ... aber ich weiß nicht, wie ...« Ein Blick in seine Augen verrät mir, dass er mindestens genauso durcheinander ist wie ich. Irritiert wende ich mich ab, er soll nicht merken, dass ich am liebsten losheulen würde.

Und dann geht alles ganz schnell: Jola, Gemma, Julia und Jolina stürmen jubelnd an unseren Tisch, reißen mich erleichtert in ihre Arme.

»Wo hast du nur gesteckt?«, fragt Juri. Sebastian guckt Mateo finster an und greift wie selbstverständlich nach meiner Hand, was Mateo stirnrunzelnd registriert.
»Wir haben uns solche Sorgen gemacht«, ruft Jola.
»So ein Glück, dass dir nichts passiert ist!«, meint Julia und gibt sich große Mühe, meine Hand in Sebastians zu ignorieren. Wie man's nimmt, denke ich, innerlich grinsend, und schiele zu Mateo, der mittlerweile aufgestanden ist und mich hilflos anlächelt. Offenbar denkt er, dass Sebastian mein Freund ist. Dann erzähle ich, dass ich zufällig einen alten Bekannten wiedergetroffen habe, der mich ins S'Aigó geführt hat, aber als wir angekommen waren, alle leider schon wieder weg gewesen sind.
»Habt ihr Pilar informiert?«, frage ich. Mein schlechtes Gewissen meldet sich wieder.
»Die Lehrer wissen längst Bescheid«, grinst Jola, »Paco ist es schon gewöhnt, dass immer ein paar eine Extratour machen. Dass du verloren gegangen bist, haben wir aber vorerst nicht erwähnt ...«
»Wir treffen die Gruppe nach dem Shoppen auf dem Plaza Mayor«, fügt Gemma beruhigend hinzu. »No te preocupes.«
»Los, worauf wartest du noch?«, ruft Jolina, »wir wollten ein paar coole Schuhe kaufen, schon vergessen? Sag deinem Lebensretter Adiós y vamos.«
Die anderen kichern, aber in meiner Kehle macht sich ein dicker Kloß breit. Klar, ich muss mich noch von Mateo verabschieden, aber hier vor allen Leuten? Nach all dem, was zwischen uns ist?
»Aquí es mi número«, sagt er, als er mein Zögern bemerkt. Dann drückt er mir seine Visitenkarte in die Hand, streift dabei unauffällig meinen Arm. Ich bekomme eine Gänsehaut. »Ruf mich

doch an, wenn die Abschiedsparty steigt. Ihr seid in Pollença, verdad?« Er nickt mir noch einmal zu, küsst mich zum Abschied links und rechts auf die Wange. Ein letztes Mal sauge ich seinen Geruch ein, bekomme wackelige Knie. Diesmal stürze ich mich nicht in seine Arme, sondern werde von Jola sicher aufgefangen. Sebastian ist mittlerweile längst vorausgegangen.
»Madre de Dios«, flüstert sie, als wir hinter den anderen Richtung Innenstadt aufbrechen.
»Así es la vida«, grinse ich. Dann drehe ich mich noch einmal um und winke Mateo zu, der nachdenklich an den Türrahmen vom S'Aigó gelehnt mir hinterherblickt.

Fiesta de la luna

Die Tage auf Mallorca gehen viel zu schnell vorbei. Kein Wunder, sie sind ja auch knallvoll verplant: mit Ausflügen zur Drachenhöhle ohne Drachen, zum Kloster Lluc mit der schwarzen Madonna, zu einem Glasbläser mit verkitschtem Kram. Wir machen Ölmühlen-, Töpferei-, Olivenholzmarkt- und Finca-Besichtigungen sowie eine Bootsfahrt mit dem Glasbodenschiff. Unvergesslich, dass Charlottes Rucksack jetzt samt Inhalt im Mittelmeer schwimmt, ebenso wie das traumhaft leckere Orangeneis, das wir hinterher in Sollérs geschleckt haben.
Längst habe ich mich an den Lebensrhythmus der de la Rivas gewöhnt, gelernt, mir morgens in die Schule ein Buch mitzunehmen und abends auf Durchzug zu stellen, wenn Señor *Mercedes* von seinen Verkaufserfolgen erzählt und mit seinen Edelkunden angibt. Außerdem esse ich öfters zwischendurch kleinere Snacks, sodass ich mir abends nicht mehr völlig ausgehungert den Bauch vollschlagen muss und besser einschlafen kann. Tapas werden die kleinen Köstlichkeiten zum Zwischendurchessen genannt, die hinter einer Glasvitrine auf dem Tresen sehen: Tortilla, Albondigas, Oliven, frittierte Scampi, Boquerones oder Meeresfrüchtesalat, dann gibt es einen Kartoffelsalat mit Erbsen, Möhren, Thunfisch und viel, viel Mayonnaise, genannt Ensaladilla rusa, der so fettig-matschig ist, dass er schon wieder lecker schmeckt. Aus Granada erinnere ich noch, dass Tapas zu

jedem Getränk kostenlos dazugereicht wurden, hier auf Mallorca ist es üblich, sich ein Tellerchen dazuzuordern.

Aus der simplen Idee, Wein vor lästigen Fliegen einfach mit einer Scheibe Brot abzudecken und dieses wiederum mit Sardellen zu verzieren oder mit Oliven zu beschweren, hat sich in Spanien die Tradition der Tapas entwickelt.

Tapas (von span. tapar = abdecken) sind kleine Appetithäppchen, die heute in Spanien zu Wein und Bier gereicht werden.

Sinas Lieblingstapa: TORTILLA

Machen die Spanier eigentlich in der Pfanne, aber in der Muffinform geht es leichter. Und zwar so: 750 g Kartoffeln schälen, in kleine Stücke schnippeln. Ebenso eine mittelgroße Zwiebel fein hacken. Kartoffel- und Zwiebelstücke mit 1 Esslöffel Olivenöl in einer Schüssel mischen, dann auf 12 gut gefettete Muffinmulden verteilen und bei 180 Grad (Umluft) ca. 15 backen. Inzwischen 6 Eier mit 4 Esslöffel Öl verquirlen, mit Salz und Pfeffer würzen und auf die Kartoffeln verteilen. Bei 200 Grad (Umluft) weitere 20 Minuten backen. Tortillas vorsichtig aus den Mulden lösen. Schmecken warm und kalt!

Pilar war zum Glück entgegen meinen Befürchtungen nicht die Bohne sauer, dass wir den Kathedralenbesuch einfach abgekürzt haben, offensichtlich sind Jola und ihre Clique tatsächlich für solche Aktionen bekannt. Und anscheinend haben die Spanier tatsächlich eine lockere Einstellung zu manchen Dingen. Ich allerdings muss pausenlos an jenen Tag zurückdenken. Und das nicht, weil ich mir die geilsten Camper (graue Stiefel, TWS!) aller Zeiten gegönnt habe, sondern weil ich immer noch am ganzen Körper zittere, wenn ich an Mateos Umarmung denke.

…
…
…

Der Zettel mit seiner Adresse brennt in meiner Hosentasche und ich weiß nicht, ob ich Mateo wirklich zu unserer Abschiedsparty einladen soll. Einerseits sehnt sich alles in mir danach, ihn wiederzusehen – ich müsste ihn nur anrufen. Andererseits wäre dies ein ernsthafter Treuebruch gegenüber Yannis und das kann ich mit meinem Gewissen einfach nicht vereinbaren. Also versuche ich, nicht weiter darüber nachzudenken, was ich tun und lassen soll und was besser nicht, sondern hoffe, dass der Zufall mir abermals auf die Sprünge hilft und mir bei der Entscheidung hilft. Zum Glück hat außer Jola von den anderen niemand etwas bemerkt, einzig Jolina guckt mich seitdem immer wieder forschend an, verkneift sich aber jeglichen Kommentar, wofür ich ihr sehr dankbar bin. Sie selbst knutscht jeden Tag mit einem anderen Austauschspanier. Sie hat sich eine persönliche Flirt-Vokabelliste angelegt und genießt unseren Aufenthalt in vollen Zügen, weil anders als zu Hause niemand über sie lästert, wenn sie sexy bauchfrei herumläuft oder knutschend auf der Bank sitzt.

Auch Julia guckt nicht mehr so betrübt aus der Wäsche. Sie ist dazu übergegangen, Ninja und ihre depressive Mutter einfach zu ignorieren, und hält sich nur noch zum Schlafen in deren sanierungsbedürftiger Finca. Alles andere – essen, duschen, chillen – erledigt sie, man höre und staune, bei Rubén im Hotel am Strand. Zwischen den beiden hat sich ein heftiges Techtelmechtel entsponnen, und nachdem Rubén genug von Jolina hatte oder Jolina von Rubén, so genau weiß man das nicht, ist nun Julia, die es mittlerweile aufgegeben hat, bei Sebastian zu landen, an der Reihe. Ich hoffe, es hält wenigstens bis zu unserer Abfahrt, denn meiner Meinung nach ist dieser Rubén zwar ein superwitziger Typ, aber in Sachen Mädchen ein typischer Don Juan, der es genießt, dass bei seinen Eltern die hübschesten Girls im knappen Bikini ein- und ausgehen.

> **Don Juan** (spanisch) ist die Bezeichnung für einen Frauenheld und wird heute immer noch verwendet, obwohl der Begriff auf eine Sage aus dem 14. bzw. auf ein Theaterstück aus dem 16. Jahrhundert zurückgeht: Darin geht es um einen rücksichtslosen Schürzenjäger, der Frauen der Reihe nach verführt und sie der Ehre beraubt, um sich schließlich über sie lustig zu machen. Am Ende jedoch endet der Lebemann wegen seiner Schamlosigkeit in der Hölle. Der Stoff wurde von verschiedenen Autoren und Komponisten bearbeitet, u. a. von Mozart im »Don Giovanni« oder von Max Frisch in »Don Juan oder die Liebe zur Geometrie« oder von Robert Menasse in »Don Juan de la Mancha oder die Erziehung der Lust« oder im Film »Don Juan DeMarco« mit Johnny Depp und Marlon Brando.

Noch ein paar Tage, das garantiere ich, dann werde ich Julias Tränen aushalten dürfen, ihr Taschentücher reichen und mein Ohr zum Ausjammern anbieten. Mir wird der Abschied von diesem sorgenfreien Leben hier ebenfalls schwerfallen, das weiß ich schon jetzt, auch wenn ich vorher so großen Bammel hatte und ich mich auf meine Eltern und den kleinen Stinker Leon wahnsinnig freue. An Yannis darf ich momentan nicht denken... Doch ich habe jetzt auch keine Zeit, mir den Kopf darüber zu zergrübeln, denn für heute hat mich Jola zu einem privaten Ausflug eingeladen. Ich sitze hinter ihr auf dem Mofa, halte mich krampfhaft fest und versuche, die Schlaglöcher auszureiten, was mir leider nicht immer gelingt – ich werde eine Reihe blauer Flecken am Po als Erinnerung mit nach Hause nehmen. Mitten in der Nacht sind wir unterwegs zum Cap Formentor, um dort am Fuße des Leuchtturms den Sonnenaufgang zu erleben, ein unvergleichliches Erlebnis, wie mir Jola versichert hat, und weshalb sich diese verrückte Tour lohnen wird.

Wir haben Tee und Hörnchen eingepackt und uns leise aus dem Haus geschlichen, offensichtlich handelt es sich mal wieder um eine von Jolas geduldeten Geheimaktionen. Soll mir recht sein, denke ich innerlich grinsend, während ich mich an ihren Rücken schmiege, ich liebe dieses Abenteuer schon jetzt! Meine Eltern würden mir so eine Unternehmung nie im Leben erlauben, schon gar nicht ohne Helm.

Anschnall- und Helmpflicht gibt es in Deutschland schon seit vielen Jahren, genauer gesagt seit 1976. Damals wehrten sich viele Autofahrer dagegen, sodass seit 1984 Fahren ohne Gurt bestraft wird – mit dem gleichzeitigen Erfolg, dass die Verletzungsstatistik

sich verbesserte. Seit 1993 besteht auch eine genaue Vorschrift zum Anschnallen von Kindern.
In vielen südeuropäischen Ländern dagegen sieht man das mit der Verkehrssicherheit nicht so eng. Obwohl es dort inzwischen auch Vorschriften diesbezüglich gibt, halten sich die wenigsten daran.

Überhaupt finde ich die Eltern unserer Austauschschüler viel lockerer als bei uns. Weder Alkohol noch Rauchen ist ein großes Thema, geschweige denn, dass sie auf feste Nachhausekommzeiten bestehen wie meine Eltern. Andererseits wachen sie streng darüber, wer mit wem befreundet ist, und lassen ihre Tochter nie allein mit ihrem Freund auf ihr Zimmer gehen. Das weiß ich so genau, weil Jola mir kichernd erzählt hat, wie Sergio mit seinen Freundinnen immer im Park oder am Strand knutschen muss. Ob sie selbst einen Freund – *novio!* – hat oder nicht, darüber schweigt sie sich aus; ich glaube aber, dass sie heimlich in ihren Mathelehrer verliebt ist; in seinen Stunden verhält sie sich immer ganz anders, so schüchtern und beinahe nervös. Außerdem habe ich sie dabei beobachtet, wie sie lauter kleine Herzchen statt Zahlen in die Rechenkästchen gemalt hat. Und als ich ihr von Yannis erzählt habe und dass es für unsere Eltern kein Problem darstellt, wenn wir uns alleine auf seinem oder meinem Zimmer treffen, hat sie dies nicht weiter kommentiert.
Das alles geht mir durch den Sinn, während wir jetzt durch die Nacht brausen. Ich habe den Kopf zurückgelehnt, lasse meine Haare im Wind flattern und sehe die Sterne hoch über mir am Nachthimmel funkeln. Der Lichtkegel von Jolas Mofa erleuchtet nur spärlich die schmale Straße, auf der wir uns mittlerweile

befinden, wir fahren direkt auf das Kap zu, also muss links und rechts tief unter uns das Meer sein. Ich atme tief durch und versuche, nicht daran zu denken, was passieren kann, wenn Jola die Orientierung verliert und wir die Felsenschlucht hinabstürzen. Andererseits fühle ich mich leicht wie beim Fliegen – was kann mir schon passieren?! Irgendwann macht Jola den Motor aus und lässt das Mofa ausrollen. Unheimlich still ist es, über uns die Nacht, man hört nur die Wellen unermüdlich unten an die Felsen klatschen. Ohne ein Wort zu sagen, stellen wir das Mofa ab und laufen Richtung Leuchtturm. Dort lassen wir uns mit der Picknickdecke nieder und warten eng aneinandergekuschelt darauf, dass die Sonne aufgeht.

»Ich liebe es, hier zu sein«, erzählt Jola, »vor allem im Frühling, wenn noch nicht so viele Touristen unterwegs und die Nächte nicht mehr so eisig sind. Leider steht dieser ›Geheimtipp‹ nämlich inzwischen auch in irgendeinem Reiseführer und so kommt es vor, dass die Touris bereits in aller Herrgottsfrühe auch diesen Winkel unserer Insel bevölkern. Aber heute scheinen wir Glück zu haben.« Dann schweigt sie wieder vor sich hin und ich denke bei mir, in einem Kitschroman wäre das wohl der Moment, wo der Junge seinen Arm um das Mädchen legt, sie innig küsst und ihr ewige Treue schwört. Auch wir beide sitzen eng aneinandergerückt da und spüren die Nähe zwischen uns. Anders als bei Milli oder Kleo, die mich ja schon jahrelang kennen, habe ich bei Jola nicht das Gefühl, mich ständig erklären zu müssen, damit sie mich versteht. Ich habe den Eindruck, sie spürt einfach, was ich denke, weiß, wann mir etwas peinlich ist oder wenn ich einfach mal für zehn Minuten meine Ruhe brauche. Auch wenn immer alle meinen, Mädchen müssten ständig über ihre Probleme quatschen, finde ich es auch ganz gut, mal nicht reden zu müssen, sondern nur in mich hineinzuspüren. So wie jetzt. Ich versuche herauszufinden, ob ich nicht lieber mit Mateo oder Yannis hier wäre. Die Erinnerung an Mateo lässt mich unwillkürlich erschauern, die Gedanken an Yannis machen mir ein schlechtes Gewissen. Sehnsucht habe ich nach beiden.

> Liebt mich Mateo wirklich?
> Oder bin ich nur eine Übergangslösung,
> damit er von seiner Freundin endgültig loskommt?
> Wieso schickt Yannis keine SMS?
> Dann wüsste ich, was ich zu tun habe!

Plötzlich kneift mich Jola in den Arm, aber ich habe es auch gesehen: Ein winziger Lichtstreif kriecht am Horizont über das Meer; wie in Zeitlupe wird er immer breiter, vertreibt die Dunkelheit. Dann schiebt sich Stück für Stück ein glutroter Ball übers Wasser, taucht alles in rote, gelbe, lila Farben. Ich halte den Atem an, fasziniert von diesem Naturspektakel.
»Eso es la libertad«, flüstert Jola. Eine Träne rollt ihr über die Wange und mir ist auch zum Heulen zumute, zu groß ist die Erkenntnis: Ja, das hier ist Freiheit, wirkliche Freiheit – ohne Stundenplan, Verpflichtungen und Beziehungsstress. Was zählt, bin ich, mitten auf einem Felsenriff hoch über dem Meer, mit allen Möglichkeiten, frei zu entscheiden, was ich in Zukunft machen will. Es kommt allein auf mich an, nicht auf irgendwelche Jungs, die mich gut finden oder vielleicht nicht, ich muss nicht warten, dass mich einer anruft oder sich für mich entscheidet. Und wie sich die Sonne jetzt aus dem Meer erhebt, weiß ich es ganz klar: Ich will frei sein, mich nicht von anderen abhängig machen. Ich will dieses großartige Gefühl der inneren Erhabenheit spüren, die mich weit macht, offen für alles Neue. Dazu brauche ich weder Yannis noch Mateo, sondern nur mich, ich muss mit mir im

Reinen und Klaren sein. Dann kann ich Entscheidungen treffen, die für mich richtig sind. Es ist nicht der erste Sonnenaufgang, den ich erlebe, und doch kommt es mir so vor, als verstehe ich heute zum ersten Mal, was er bedeutet. Ich schließe die Augen und verankere dieses Gefühl für immer in meiner Seele.

> Wenn du weißt, dass eine bestimmte Situation, ein bestimmtes Gefühl bei dir positive Reaktionen hervorrufen, dann verankere den Moment, damit du ihn beliebig oft wieder abrufen kannst. Dazu musst du dich fünf Minuten konzentrieren. Das können Situationen sein, in denen du ein großes Glück fühlst oder auch eine große innere Stärke und Selbstsicherheit.
> Suche dir eine Körperstelle aus, die du bequem im Alltag berühren kannst, ohne dass es andere bemerken, beispielsweise die linke Handinnenfläche mit Zeige- und Mittelfinger der rechten Hand oder dein Ohrläppchen.
> Schließe die Augen, spüre in dich hinein und »lege« deine Gefühle/die bestimmte Situation an dieser Körperstelle bewusst »ab«.
> Augen wieder öffnen, Hände ausschütteln, durchatmen.
> Wiederholen: Augen schließen, Gefühl verankern, öffnen, ausschütteln – so oft, bis du glaubst, es sitzt.
> Wann immer du wieder bewusst in diese Körperhaltung hineingehst, wird dich dieses Gefühl tragen und dich innerlich stark machen.

Ich weiß nicht, wie lange wir so dagesessen haben, Seite an Seite, eine jede für sich ihren Gedanken nachhängend und doch innerlich das Gleiche fühlend. Irgendwann stupst mich Jola sanft an der Schulter, lächelt mich an und zieht mich hoch. Langsam machen wir uns auf den Rückweg, laufen immer noch schwei-

gend nebeneinanderher. Mittlerweile hat sich der Parkplatz gefüllt. Die ersten Touristen bevölkern den Leuchtturm, die Restaurantbesitzer rüsten sich für einen weiteren geschäftigen Tag.
»Volveré«, sage ich zu Jola, als ich hinter ihr auf das Mofa klettere.
»Ich weiß, dass du wiederkommst«, antwortet sie schlicht. »Otro tiempo, otro sitio.«

Und dann ist abermals Kofferpacken angesagt, diesmal für den Rückflug. Berge von Souvenirs türmen sich um mich herum, ich weiß überhaupt nicht, wie ich das alles unterbringen soll. Weil ich hier auf Mallorca solch eine geile Zeit verbracht habe, will ich jeden meiner Lieben zu Hause daran teilhaben lassen und mit einem Mitbringsel beglücken. Von jedem Ausflug habe ich etwas Besonderes mitgebracht: eine mundgeblasene Mini-Vase für Oma Doris, für Papa einen echten Ledergürtel aus dem Ledersupermarkt, für Mama eine Majorica-Perlenkette aus der traditionellen Perlenfabrik, für Tante Irene eine Olivenholzschale und für Leon und meine Freundinnen jeweils Siruells, das sind grün-rot bemalte Tonfiguren mit integrierter Flöte. Ursprünglich mal Kinderspielzeug, sind sie heute die originellsten Mitbringsel von der Insel, finde ich. Lange habe ich darüber nachgedacht, was ich Yannis mitbringe. Einerseits bin ich enttäuscht von ihm, weil er auf keine meiner SMS geantwortet hat, andererseits verspüre ich eine tiefe Sehnsucht im Herzen und kann es kaum erwarten, ihn wiederzusehen. Außerdem plagt mich das schlechte Gewissen wegen Mateo, an den ich pausenlos denken muss. Mehr als einmal habe ich angefangen, ihm eine SMS zu schicken, doch dann habe ich die Nachricht immer wieder gelöscht, weil ich nicht wusste, ob ich das wirklich will, dass er nach Pollença kommt und die anderen mitkriegen, was zwischen uns läuft ... und wie ich erklären soll, was nicht erklärbar ist. Ich habe für Yannis dann ein Lederarmband ausgesucht. Eins, das ihn nicht fesselt, sondern das er beliebig oft an- und ausziehen kann.

»Bist du endlich fertig, die Party geht gleich los!« Jola steht neben mir, fix und fertig gestylt. Seit unserem morgendlichen Ausflug ist unser Verhältnis noch inniger geworden. Ohne viele Worte zu verlieren, setzt sie sich auf den Kofferdeckel, damit ich die Schnallen schließen kann. Meine restlichen Sachen muss ich morgen früh im Handgepäck unterbringen.

Morgen früh!!!

Jetzt ist erst mal feiern angesagt, obwohl mir gar nicht nach feiern zumute ist. Wenn ich an morgen denke, habe ich sofort einen dicken Kloß im Hals; ich werde Jola und die anderen schrecklich vermissen, diesen sorgenfreien Tagesablauf, ein bisschen Bericht schreiben hier, ein bisschen Geschichtsdaten büffeln dort, immer in der heimlichen Hoffnung, dass vielleicht gleich Mateo vor mir steht wie neulich in Palma. Und zwischendurch ein Bocadillo an der Strandbar mit anschließendem Erfrischungsbad im Meer. Ganz anders als bei uns zu Hause kann ich hier jeden Tag im T-Shirt und ohne Strümpfe laufen, etwas, was meine Laune eindeutig beflügelt. Wenn ich an unser nieselig-pieseliges Regenwetter denke, wird mir jetzt schon übel. Außerdem fühle ich mich hier mit den Menschen pudelwohl. Und im Gegensatz zu den Muffelköpfen in Deutschland grüßt hier jeder jeden freundlich. Und selbst wenn du im Gigamarkt an der Kasse stehst, gibt es einen freundlichen Smalltalk und zuvorkommende Handreichungen. Das passiert mir bei unserem Edeka nie, obwohl ich dort seit Jahren einkaufen gehe. Einzig die Bäckersfrau grüßt mich freundlich und fragt jedes Mal, wie es mir geht. Und das sicher nur, weil ihre Tochter mein Onlinetagebuch toll findet.

Wie immer bemerkt Jola sofort, was mit mir los ist. Mitfühlend guckt sie mich an, auch sie hat Tränen in den Augen. Und dann heulen wir beide wie auf Kommando laut los.

»¿š Qué passa?« Sergio kommt erschrocken in unser Zimmer gestürzt, der Schnellmerker. »Comprendo«, sagt er dann und nickt verständnisvoll, als er uns beide, jeweils mit nassen Flecken an den Schultern und einander in den Armen liegend, erspäht hat. »Volverás en verano con tu familia«, schlägt er vor und streichelt mir sanft über die Schulter.

Schniefend gucke ich ihn an. »Gute Idee, ich fürchte nur, meine Eltern haben für die Sommerferien andere Pläne«, antworte ich unter Tränen lächelnd. »Aber ich werde ihnen erzählen, was für eine tolle Insel Mallorca ist. Und vor allem: welch tolle Freunde ich hier habe.«

Eine Weile stehen wir eng umschlungen schweigend beieinander, dann blickt Jola erschrocken auf ihre Uhr. »Vamos, die Party hat schon längst angefangen!«

Verweint und verquollen wie wir sind, laufen wir Hand in Hand an den Strand, wo die spanischen Austauschschüler unter einem Pavillon ein leckeres Buffet aufgebaut haben. Ramón mimt den DJ und hat seinen iPad an zwei gigantische Boxen gestöpselt.

»Bienvenidos«, ruft Jolina und tanzt uns ausgelassen entgegen. Sie trägt einen knallengen, hochgeschlossenen schwarzen Overall – mit einem tiefen Rückenausschnitt. Bis Jola und ich alle mit Küsschen begrüßt haben, sind die Eiswürfel in meinem Begrüßungscocktail längst geschmolzen. Pilar und die anderen Lehrer halten sich dezent im Hintergrund, irgendwann verabschieden sie sich still und leise. Das hätte bei uns zu Hause keiner gemacht, schießt es mir durch den Kopf. Wir hätten strenge Partyauflagen bekommen und eine Ansage, wann spätestens Schluss zu sein hat und wer den Aufräumdienst übernimmt. Hier kommen sowieso mitten in der Nacht Müllmänner und säubern die Straßen – und die Lehrer drücken sämtliche Augen zu. Sie übersehen geflissentlich, dass auf dem Buffettisch ein großer Kanister Sangria aufgestellt ist, aus dem sich alle munter bedienen. Zum Glück haben sie auf die XXL-Monsterstrohhalme à la Ballermann verzichtet, das wäre mir auch echt zu niveaulos gewesen, aus Eimern zu trinken und mir die Kante zu geben.

Sangría (von span. sangre = Blut) ist eine Art spanische Bowle, bestehend aus Wein, Fruchtsaft und Cointreau, oft mit Orangen- und Zitronenscheiben und Eiswürfeln serviert. Ursprünglich ein Erfrischungsgetränk mit wenig Alkohol, wird heute in den Touristenzentren besonders viel Zucker und Hochprozentiges hinzugefügt, in extremen Fällen wird die Sangria in Eimern und mit langen Strohhalmen serviert.

Sinas alkoholfreie Sangría:
Je eine unbehandelte Orange und Zitrone in Scheiben schneiden und in ein große Karaffe geben. Dann mit einem Liter

> rotem Traubensaft und je einem halben Liter Zitronenlimo, Orangenlimo und Mineralwasser auffüllen. Mindestens drei Stunden im Kühlschrank ziehen lassen. Wer mag, gibt vor dem Servieren Eiswürfel dazu.

Julia genießt die Strandparty in vollen Zügen, das ist nicht zu übersehen. Rubén lässt sie nicht los und küsst sie, wann immer sich die Gelegenheit dazu bietet, leidenschaftlich ab. Dann klammert sich Julia hingebungsvoll an ihn wie eine Ertrinkende, willenlos hängt sie in seinen Armen. Julia tut mir jetzt schon leid, der Abschied morgen wird für sie in mehrfacher Hinsicht schrecklich werden. Seufzend blicke ich ihr nach, wie sie jetzt hinter Rubén im kleinen Pinienwäldchen verschwindet.
»Ven, bailamos«, reißt mich Jola aus meinen Gedanken und zieht mich in den Kreis, den ein paar Jugendliche gebildet haben, offensichtlich andalusische Gäste, denn sie tanzen Sevillanas zu der typischen Musik, klatschen dazu rhythmisch in die Hände und singen lautstark mit.

> Sevillana ist ein spanischer Volkstanz, den vor allem Andalusier schon von Kindesbeinen an beherrschen. Sevillana ist mit dem Flamenco verwandt, wird paarweise getanzt und es gibt eine bestimmte Schrittfolge, die leicht zu erlernen ist.

Jola, Ramós, Gemma, Rosalie, Marti, Catalina drehen sich ausgelassen mit und bedeuten uns deutschen Schülern, ebenfalls mitzutanzen. Zögernd versuchen Sebastian, Jolina, Juri und ich, die Schritte nachzumachen, klatschen zaghaft im Takt. Irgendwie komme ich mir blöd vor, mitten in der Nacht auf einer Party so spießig herumzutanzen.

Zu Hause tanze ich ja auch keinen Walzer in der Disco!

Aber die sprühende Begeisterung der anderen steckt mich doch an und macht, dass ich mich immer wagemutiger drehe, auf den Boden stapfe – und sogar *olé* rufe, als Ramón mich an der Hüfte fasst und einmal um mich selbst dreht. Ausgelassen tanzen wir weiter, Sebastian sieht glücklich aus. Juri stellt ziemlich bald wieder seine Disco-Mukke an und dann geht es richtig ab. Obwohl ich keinen Tropfen Alkohol in mir habe, fühle ich mich wie im Rausch, glücklich, frei, ich könnte abfliegen, so gut geht es mir hier, barfuß im Sand, gemeinsam am Strand mit meinen Freundinnen und Freunden. Ich sehe Jolina, wie sie eng umschlungen mit einem rassigen Latino äußerst langsam zu schnellen Techno-Beats tanzt. Ich bemerke Jola, wie sie sich von der Menge absondert und alleine Richtung Meer läuft. Ich spüre Sergios Arme um meine Hüften und schmiege mich an ihn, dann tanze ich wieder mit Ramón, später mit Gemma, Charlotte und Marti. Irgendwann kommt Julia dazu und tanzt mit, sie hat glasige Augen und macht fahrige Bewegungen, wie im Trance lässt sie sich von uns anderen hin und her drehen, bevor sie sich wieder an Rubén hängt und sich von ihm abküssen lässt. Als Sergio mich abermals anfummelt und mich in seine Arme ziehen will, reicht es mir plötzlich. Abrupt mache mich von ihm los, was er noch nicht einmal weiter zu bemerken scheint, denn Gemma neben ihm tanzt intensiv an ihn heran, stößt ihre Hüftknochen an seine. Ich verspüre das dringende Bedürfnis, etwas zu trinken, hole mir an der Bar eine Flasche Mineralwasser und laufe ein Stück am Strand entlang. Überall haben sich mittlerweile knutschende Pärchen gebildet, ich entdecke Charlottes Flipflop-Füße unter ein paar behaarten Beinen und sehe, wie Mareike sich hemmungslos auf Martí schiebt, seine Hände wühlen durch ihre blonden Haare. Grinsend laufe ich im Slalom vorbei, mit Mateo wäre ich garantiert auch im Sand gelandet, geht es mir durch den Sinn. Doch irgendetwas in mir drin hat mich davon abgehalten, ihn für heute Abend zu unserer Abschiedsparty einzuladen. Vielleicht weil ich mir eine Enttäuschung ersparen wollte, weil ich denke, dass ich sowieso nur ein Urlaubsflirt für ihn bin. Vielleicht weil ich selbst nicht weiß, was ich will. Von ihm, von mir. Von Yannis. Vielleicht, weil ich Yannis zu sehr liebe, um ihn ernsthaft zu betrügen.

Ich ziehe die Karte mit Mateos Telefonnummer aus meiner Hosentasche und reiße sie in lauter kleine Fetzen, die ich während des Laufens ins Meer rieseln lasse.

Dann setze ich mich neben Jola, die alleine im Sand hockt und auf mich gewartet zu haben scheint. Sie streckt mir ihre Hand entgegen, lächelt mich an und zieht mich zu sich heran. Eng aneinandergeschmiegt, sitzen wir nebeneinander, bis die Sonne aufgeht.

VIERTES KAPITEL,
IN DEM SINA ZUKUNFTSPLÄNE SCHMIEDET

Solche Sehnsucht

Ich bin wieder zu Hause, liege in meinem Zimmer auf meinem Bett und weiß nicht, was ich machen soll. In mir drin ist alles durcheinander, ich fühle mich hundeelend und am liebsten würde ich nur schlafen, schlafen, schlafen und von der Welt da draußen nichts mehr hören und sehen.
»Jetlag«, hat Leon schlau gesagt, als mich meine Familie vorhin vom Flughafen abgeholt hat und ich meinem Vater schwach in die Arme gefallen bin. Natürlich ist das kein echter Jetlag, denn ich bin ja nicht um die halbe Welt in eine andere Zeitzone gereist. Aber irgendwas hat sich doch verschoben ...
»Ein Virus«, meinte Mama besorgt, »hoffentlich hast du dir nichts Gefährliches eingeschleppt.«
Mein Vater hat mich nur ausführlich gemustert und nach einem Seitenblick auf Julia und Juri, die ebenfalls kreidebleich in der Empfangshalle standen, meinte er nur: »Verkatert, wenn du mich fragst.«
»Aber ich habe keinen Tropfen Alkohol getrunken, ich schwöre«, habe ich matt protestiert. Und ich bin mir sicher, Juri auch nicht. Seit seiner Alkoholvergiftung damals macht er nämlich einen weiten Bogen um alles, was Prozente auf dem Label hat.

Jetlag meint die Zeitverzögerung bei längeren Flugreisen, wenn dadurch der biologische Rhythmus durcheinandergebracht wird. Dann muss sich deine innere Uhr erst wieder auf einen anderen Tagesablauf einstellen, pro Stunde Zeitverschiebung musst du einen Tag rechnen. Bis dahin bist du mitten am Tag müde und nachts hellwach ... Folgendes kannst du außerdem tun, wenn dir eine lange Flugreise bevorsteht:

○ Gehe bei Westflügen schon zwei bis drei Tage vorher später zu Bett als normalerweise. Bei Ostflügen gilt umgekehrt, einige Tage vorher ein bis zwei Stunden früher zu Bett gehen.

○ Nutze das Sonnenlicht für eine schnelle Anpassung am Zielort, gehe also so lange wie möglich nach draußen. Das senkt den Melatoninspiegel wirksam ab und hilft dir, die Tagesmüdigkeit zu bewältigen.

○ Auch wenn's schwerfällt: Kein Mittagsschlaf!

○ Stelle dich bereits während des Fluges auf die Ortszeit deines Zielortes ein, das gilt auch für die Mahlzeiten und für die Schlafenszeit.

○ Falls du die Pille nimmst: Erkundige dich am besten bei deinem Frauenarzt, wenn du unsicher bist. Je nach Dauer deines Aufenthaltes lohnt es sich, den Einnahmerhythmus anzupassen oder beizubehalten. Am besten machst du dir dafür zu Hause einen Stundenplan oder stellst deinen Handywecker bzw. stellst dich bereits schon mal um, schließlich weißt du ja, um wie viele Stunden konkret die Zeitverschiebung an deinem Zielort ist. Achtung: Bei Minipillen hast du für eine Verzögerung der Einnahme nur einen Spielraum von sechs Stunden.

Ich glaube eher, er hat die Nacht mit Gemma durchgeknutscht. Das ist auch der einzig wahre Grund, weshalb ich mich so elend fühle: Ich habe in den letzten vierundzwanzig Stunden kein Auge zugemacht. Vor Aufregung, vor Abschiedsschmerz und weil ich mit Jola gemeinsam die Nacht am Meer verbracht habe. Wir haben uns die ganze Zeit über aus unserem Leben erzählt, ich weiß jetzt, dass sie ihre ersten Lebensjahre bei ihrer Oma im Hinterland groß geworden ist und wie sehr sie sich manchmal wünscht, sie würde immer noch dort leben, gemeinsam mit Hühnern und Schweinen auf der Finca. Und nicht bei ihrem neureichen Vater, der so sehr mit seinen schnellen Autos und all den Promis angibt, auch wenn das Leben im Haus alle Annehmlichkeiten bietet. Kann ich auch gut nachvollziehen. Jolas Eltern sind sehr nett und aufgeschlossen, doch auf ihre Art völlig überkandidelt. Zum Abschied haben sie zum Beispiel wieder sämtliche Familienmitglieder einbestellt, Jolas Vater hat uns im knallroten SLS (ein Traum von Auto, wenn ich groß bin, will ich auch so eins!) zum Flughafen gefahren und Jolas

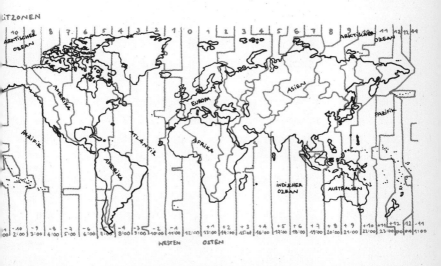

Mutter hat nicht eher geruht, als bis sie ein Abschiedsfoto von mir und Jola vor den geöffneten Flügeltüren gemacht hat. Garantiert postet sie es im Mallorca-Anzeiger ...

Jola hat mir schließlich doch noch anvertraut (ich musste dreimal schwören, dass ich auch nie-niemandem etwas verrate), dass sie heimlich in ihren Mathelehrer verliebt ist und er in sie. Dabei habe ich mir längst so was gedacht, so traurig wie der immer zu ihr hingeblickt hat. Dass sie sich einmal pro Woche an einem geheimen Ort für nur zwei Stunden treffen und sie es nicht erwarten kann, bis sie endlich achtzehn ist oder die Schule wechselt, damit ihre Liebe nicht mehr ungesetzlich ist und er sich endlich öffentlich zu ihr bekennen kann. »Vielleicht hauen wir eines Tages ab, weit weg, nach Chile oder Mexiko«, hat sie verträumt gelächelt und ich habe nur genickt. Das würde zu ihr passen, einfach auszusteigen aus allen spießigen Konventionen, ihr eigenes Ding zu machen, ihr Leben zu leben. Und nicht, wie ihr Vater das von ihr erwartet, den Sohn eines Geschäftspartners ehelichen und sein Autohaus weiterführen.

> **Ich hoffe, sie schreibt mir eine Ansichtskarte!**

Ich wiederum habe ihr von meinen Erlebnissen der letzten Jahre erzählt, von meinem ersten Knutschfleck und wie ich danach mit Yannis zusammenkam. Von meinen Erlebnissen mit der Edelclique, von meinem schrecklichen Unfall und dem Koma – und meiner Begegnung mit meinem Schutzengel, die mich für immer geprägt hat. Ich habe ihr auch gestanden, dass ich Mateo aus meinen Model-Zeiten her kenne und dass er mich neulich in Palma gehörig durcheinandergebracht hat, ich ihn aber nie wie-

dersehen möchte. Nicht, solange ich nicht weiß, was ich wirklich von ihm, von Yannis, vom Leben will.
Daraufhin haben wir lange nebeneinandergesessen und uns ewig angeschwiegen.
»Tienes razón«, hat Jola irgendwann gesagt, da wurde es schon langsam hell, »*ich* muss wissen, was ich will, und meine Zukunft nicht von einem Mann abhängig machen.«
Genau daran muss ich wieder denken, wie ich jetzt wie ein Häufchen Elend in meinem Bett liege. Yannis hat sich zur Begrüßung nämlich nur kurz blicken lassen, ein Küsschen am Gartentor, dann war er wieder weg.
»Heute ist Forellentag am Teich, wir sehen uns später in der Hollywoodschaukel«, hat er gerufen und mir zugezwinkert.

> Hey, geht's noch?!
> Hat der mich etwa nicht vermisst?

Ich versuche, meine Enttäuschung zu verdrängen und nicht einfach loszuheulen. Da bin ich tagelang weg und er hat nichts Besseres zu tun, als gleich an meinem ersten Tag Angeln zu gehen, dieser Blödmann. Und ihm zuliebe habe ich Mateo nicht angerufen! Trotzdem schniefe ich los. Ich bin gerade so richtig mittendrin in meinem Herzschmerz-Weltschmerz, da geht die Tür auf und Julia steht plötzlich in meinem Zimmer.
»Was willst du?«, fauche ich sie an. Ich kann jetzt keine Gesellschaft gebrauchen. Wenn überhaupt, würde ich mit Milli über mein Gefühlschaos sprechen, aber die ist übers Wochenende auf einem Pfingstturnier und hat mir nur eine kurze Willkommens-SMS geschickt.
»Kann ich heute bei dir bleiben?« Verzweifelt schaut sie mich an. Dann fängt auch sie an zu heulen.

»Was ist denn jetzt schon wieder passiert?«, frage ich genervt und reiche ihr ein Taschentuch. Erst hat Julia Stress mit ihrer Austauschtante und heult. Dann hat sie Liebeskummer-Abschiedsschmerz wegen Rubén und heult. Und jetzt steht sie in meinem Zimmer – und heult.

»Tut mir leid ... ich weiß, dass ich dich nerve. Wenn ich gehen soll, dann sag es nur, aber ich ...« Sie guckt mich mit ihren verweinten Rehaugen an und ich denke, kein Wunder, dass alle Jungs immer denken, sie müssten Julia beschützen.

»Ist schon okay, bleib nur«, seufze ich und bedeute ihr, sich neben mich auf mein Bett zu sitzen. »Was ist denn passiert? Ist es immer noch wegen Rubén?«

Julia nickt. »Er ... gestern ...« Sie schluckt. »Ich weiß nicht, wie ich es sagen soll, aber ich muss einfach mit jemandem darüber reden. Ashley ist auf einer Tierschutzdemo ... und du bist die Einzige, der ich wirklich vertrauen kann.«

»Oh Mann, Süße, jetzt rück schon raus mit der Sprache, so schlimm kann's doch gar nicht sein«, ermuntere ich sie. Klar bin ich Julias einzig echte Freundin, weder mit Milli noch mit Kleo hat sie so ein enges Verhältnis, mal ganz zu schweigen von Jolina.

Da rückt Julia noch ein Stück näher an mich heran. »Ich habe mit ihm geschlafen«, flüstert sie.

»Du hast WAS?«

»Genauer gesagt: Er mit mir.« Abermals heult sie los und ich bekomme einen Schreck. Tausend Dinge schießen mir durch den Kopf: Haben sie verhütet? Hat er Julia wehgetan? Muss ich mit ihr jetzt zum Frauenarzt wegen der Pille danach?

»Aber du wolltest es, oder?«, hake ich behutsam nach.

»Erst ja und dann nicht und dann doch ... Ich hatte mir das viel schöner vorgestellt, viel romantischer. Nur wir zwei, im Wald auf den weichen Decken, die Grillen zirpen, die Sterne über uns ... und dann ging alles viel zu schnell, aber so muss es wohl sein.« Sie schüttelt sich und ich traue mich nicht, sie zu fragen, ob es wehgetan hat. Liest man ja immer wieder überall, dass das erste Mal nicht so schön ist, wenn das Mädchen nicht bereit ist und sich vom Typen überrumpeln lässt. Vielleicht ist da ja etwas dran.

»Immerhin bin ich jetzt keine Jungfrau mehr«, versucht sie, unter Tränen zu lächeln. »Und weiß jetzt, wie es geht.«

Täusche ich mich oder klingt da ein Hauch von Stolz in der Stimme? Nachdenklich gucke ich Julia von der Seite an. Und dann wird mir plötzlich einiges klar: Sie ist nicht hier, um sich von mir trösten zu lassen. Sie ist nur gekommen, um vor mir anzugeben, weil ich und Yannis zwar schon Ewigkeiten zusammen sind, aber in Sachen Sex noch nicht mal so weit sind, als dass wir darüber gesprochen hätten, wie es wäre, miteinander zu schlafen. Dass ich diesbezüglich so etwas wie eine Sehnsucht verspüre, weiß ich erst, seit ich mit Mateo durch Palma gelaufen bin und alles in mir von Kopf bis Fuß gekribbelt hat, als er mich so zärtlich küsste. Noch was kapiere ich: Wenn ich eines Tages mit Yannis Schluss mache, wird Julia die Erste sein, die sich ihn angelt.

> **Und ich gutherzige, dumme Nuss falle auch noch darauf rein!**

»Und warum heulst du dann, wenn es doch das war, was du wolltest?«, rutscht es mir heraus.

»Weil ich so durcheinander bin«, schnieft sie und lächelt unter Tränen. »Ich bin jetzt eine richtige Frau und kein kleines Mädchen mehr. Verstehst du das nicht?«

»Nein, das verstehe ich nicht, Julia«, sage ich mit klarer, fester Stimme. Früher hätte ich geschwiegen und mir meinen Teil gedacht. Aber seit meinen intensiven Gesprächen mit Jola weiß ich, dass ich mit meiner Meinung nicht mehr hinterm Berg halten muss, nur um des lieben Friedens willen. »Warum schläfst du mit einem wildfremden Typen, den du gar nicht liebst? Noch schlimmer: Wenn du gar keinen Spaß dabei hast?«

»Rubén liebt mich«, antwortet sie trotzig. »Er hat mir heute schon drei SMS geschickt, weil er es so g... mit mir fand.«

»Und du? Der hat dich doch nur als Spielpuppe benutzt, merkst du das denn gar nicht?« Fassungslos schüttele ich den Kopf. Dieser Don Juan hat doch alle Mädels angebaggert und hat sich längst die nächste ausgesucht.

»Du bist gemein, Sina«, sagt Julia. »Du gönnst mir überhaupt nichts. Ich war mit ihm glücklich, ich konnte dort im Hotel tun und lassen, was ich wollte. Ninja und ihre Depri-Mutter haben sowieso nichts geschnallt. Jetzt, hier zu Hause, muss ich wieder pünktlich heimkommen und Rede und Antwort stehen, wo ich war, mit wem ich mich treffe ...«

»Wenn du es so siehst ...« Erschöpft lehne ich mich in mein Kissen zurück. Ich habe keine Lust mehr, Statistin in Julias persönlichem Liebes- und Lebensdrama zu sein, weil sie ja doch nicht auf meine gut gemeinten Ratschläge hört. »Kannst du jetzt bitte gehen? Ich fühle mich nicht so gut und möchte meine Ruhe haben.«

»Schon klar. Du hattest ja auch eine heiße Nacht mit deiner Jola«, setzt sie noch eins drauf.

»WAS?« Empört richte ich mich auf.

»Ach komm schon, alle reden darüber, dass du jetzt eine spanische Freundin hast«, sagt sie. »Der arme Yannis versteht die Welt nicht mehr!«

»WAS?«, frage ich noch mal. »Ihr glaubt, ich hätte was mit Jola? Klar habe ich was mit ihr, nämlich eine superschöne, innige, große Freundschaft. Etwas, was du ihm Leben nicht spüren wirst, weil du viel zu oberflächlich dazu bist!«, fauche ich sie an. »Und jetzt verschwinde endlich!«

Vor Aufregung zitternd springe ich aus dem Bett. Unglaublich, erst kommt Julia mit verheulten Augen an und macht eine auf vergewaltigte Jungfrau, um mir dann ihre neue Weiblichkeit um die Ohren zu knallen. Und als Gipfel unterstellt sie mir noch eine Affäre. Aber weil sie zu dämlich ist, hat sie das mit Mateo nicht mitbekommen.

Nachdem Julia endlich verschwunden ist, gehe ich runter und hole mir aus der Küche etwas zu trinken.

»Alles in Ordnung mit dir, Sina?« Mama guckt mich besorgt an. »Komm, ich koche uns einen Tee. Und dann erzählst du mir, was du alles erlebt hast.«

Dankbar gucke ich sie an. Mama ist wie Jola, die auch immer stillschweigend weiß, was ich wann brauche. Meistens zumindest. Schnell flitze ich auf mein Zimmer, hole meine gesammelten Postkarten und Flyer, natürlich auch die Souvenirs. Und dann erzähle, erzähle und erzähle ich, von unserem nächtlichen Ausflug ans Cap Formentor, sogar wie ich in Palma verloren gegangen bin und Mateo mich zufällig gerettet hat. Nur was wirklich zwischen uns gelaufen ist, lasse ich aus.

Nach einem ausgiebigen Mittagsschlaf fühle ich mich dann endlich besser und fit genug, Yannis wie abgemacht zu besuchen. Entgegen meiner Befürchtung ist er total offen und neugierig, hört sich geduldig meine Erzählungen an und freut sich für mich, dass ich in Jola so eine tolle neue Freundin gefunden habe.

»Julia erzählt nur Käse«, murmelt er, »vergiss es. Ich bin froh, dass du wieder bei mir bist.« Dann zieht er mich in seine Arme und wie in alten Zeiten verbringen wir den restlichen Abend gemeinsam in der Hollywoodschaukel, während die Erwachsenen im Garten eine feuchtfröhliche *Tapa-y-Vino*-Fiesta feiern. Ein vertrautes, inniges Gefühl der Liebe und Geborgenheit breitet sich in mir aus und macht mich froh.

Wenn ich nicht solche Sehnsucht hätte ...

War es erst letzte Woche, dass ich mit Jola am Strand saß? Mir kommt es so vor, als sei ich nie weg gewesen, denn mein Schülerinnen-Alltag hat mich komplett eingeholt. Nach der ersten Wiedersehensfreude mit meinen Eltern, Milli, Kleo und Yannis und einem Tag Schonfrist ging es gleich wieder los mit Physikhausaufgaben, Erdkundereferat und Französischvokabeln, die ersten Tests haben wir bereits wieder geschrieben, das Basketballtraining findet wie gewohnt zweimal die Woche statt. Aber immer, wenn mich der graue Alltag zu nerven droht, hole ich mir das gute Gefühl von jenem Morgen am Cap Formentor wieder zurück. Ich schließe die Augen, denke an den Sonnenaufgang ... und fühle mich sofort wieder glücklich und frei. Jola schickt mir jeden Morgen eine SMS mit den besten Wünschen für einen guten Tag, ich antworte ihr dafür abends und schicke ihr einen Gutenachtkuss.

Yannis rollt mittlerweile genervt die Augen, wenn ich ihm von meinen Erinnerungen erzähle, von meinem sorgenfreien Dasein vorschwärme, von dem guten Gefühl, morgens bei Sonnenschein aufzustehen und sich keine Gedanken über Regen machen zu müssen. Anfangs hat er mich dann immer neckisch in seine Arme gezogen und gemeint, dann müssen wir wohl gemeinsam auswandern, aber bitte irgendwohin, wo Spanisch *und* Englisch gesprochen wird. Doch mittlerweile findet er, dass in

Spanien die Arbeitslosigkeit viel zu hoch und es viel zu heiß sei, um auf Dauer dort zu leben, ich würde mich einer Illusion und falschen Träumen hingeben und mir etwas vormachen.

»Wenn du dort ernsthaft zur Schule gehst, musst du dort auch pünktlich sein und gewissenhaft für die Klassenarbeiten lernen«, sagt er, als ich wieder einmal mitten in einer Fernwehkrise stecke. »Auch dort wirst du deine Hobbys pflegen und die üblichen Verpflichtungen haben. Deinen Alltag hast du doch überall.«

Gegen Fernweh hilft nur eins, nämlich die nächste Reise planen, weil Vorfreude bekanntlich die schönste Freude ist. Deswegen: Etappenweise recherchieren, organisieren, reservieren und Informationen checken. Außerdem kannst du die schönen Erinnerungen an deine letzte Reise sammeln:

- ❏ Ergänze dein Reisetagebuch mit aktuellen Fotos.
- ❏ Sortiere deine gesammelten Postkarten und notiere besondere Erlebnisse in Stichworten.
- ❏ Bastele dein persönliches Fotoalbum, digital mit einem entsprechenden Programm oder klebe und gestalte ein gebundenes Buch.
- ❏ Rahme dir die schönsten Fotos von neuen Freunden oder Lieblingsplätzen und hänge sie dir über deinen Schreibtisch oder über dein Bett.

»Klar, aber anders«, antworte ich trotzig. »In Spanien sehen die das alles nicht so eng wie hier. Außerdem ist es viel wärmer als bei uns.« Letzteres sage ich in Hinblick auf den aktuellen verregneten Juni – meine Eltern haben sogar die Heizung wieder angestellt.

»Dann geh doch wieder hin«, meint er kopfschüttelnd. »Echt, Sina, ich verstehe dich nicht, Fiesta und Siesta, das kann doch wohl nicht dein Ernst sein! Du bist doch sonst diejenige, die alles organisiert haben will.«

> Ist es wohl! Und gerade deshalb.

Einzig Milli versteht mich, auch wenn ihr Herz nicht für die spanische Sprache schlägt und sie nach wie vor der Meinung ist, allein mit Englisch stünde einem die Welt offen.

»So geht es mir mit New York«, meint sie, als ich wieder einmal voller Fernweh bin. »Da möchte ich eines Tages zum Studieren hin, das weiß ich schon jetzt. Und so wie es aussieht, werden meine Eltern auch nichts dagegen haben.«

Auch Milli hört sich geduldig meine Erzählungen an, erträgt, wie ich ihr von unserer abenteuerlichen Wanderung in der Schlucht von Torrent erzähle und wie ich morgens auf dem Schulweg in der Bar ein Tostada mit tomate y aceite gefrühstückt habe, wenn ich keine Lust auf Kakao und Kekse bei de la Rivas hatte. Als ich sie aber zu unserem Nachtreffen einlade, damit sie sich auch all die Fotos zu den Geschichten auf dem Beamer anschauen kann, wehrt sie dankend ab.

»Nee, geh da mal ruhig alleine hin, ich kenne dein Fotoalbum ja zur Genüge, und wie du weißt, ich hab's mit diesen Schulreisen nicht so«, antwortet sie lachend. »Außerdem will ich mit Marco unsere Mexikoreise planen. Papa hat seine Beziehungen spielen

lassen und bringt uns bei einem befreundeten Hotelier unter ...
Frag doch Yannis!«

Wie sich herausstellt, wollte Yannis mir vorschlagen, an diesem Abend gemeinsam ein Umsonst-&-Draußen-Konzert zu besuchen. Enttäuscht guckt er mich an.

»Wenn dir dein Spanien wichtiger ist als wir«, sagt er, nachdem ich ihm zerknirscht gestehen musste, dass es sich dummerweise um den gleichen Termin handelt und ich keine Zeit habe. »Dann weiß ich ja, woran ich bin.«

Enttäuscht schlucke ich meine aufsteigenden Tränen hinunter. Ich weiß nicht, worüber ich trauriger bin: Dass ich nicht mit auf das Konzert gehen kann. Dass sich Yannis nicht für meine Interessen öffnet und sich nicht die Bohne auf mich zubewegt. Oder dass er total unfair auf einen Sachverhalt reagiert, der nun mal so ist, wie er ist. Dabei hatte ich nach unserem Wiedersehen gehofft, dass zwischen uns wieder alles in Ordnung ist.

»Danke, ich auch«, knalle ich ihm entgegen.

Abi, und dann?

Alles läuft total verkorkst und verquer. Seit ich wieder aus Mallorca zurück bin, ist kein Tag vergangen, an dem ich nicht davon geträumt hätte, sofort wieder zurück nach Spanien zu reisen. Erst war ich ja noch ganz happy, Yannis wiederzusehen, aber jetzt ist es nur noch ätzend mit ihm. Hinzu kommt, dass wir uns für die Schule richtig reinstressen müssen, vor den Sommerferien schreibt ausnahmslos jeder Lehrer noch mindestens eine Klassenarbeit. Ich fühle mich mittlerweile als ungekrönte Referatskönigin, weil ich Vorträge in Serie halte, nur um meine Noten fix zu machen.

Um es ein für alle Mal schwarz auf weiß festzuhalten: Schule ist doof!!!

Am liebsten würde ich auf der Stelle alles hinwerfen und Schule Schule sein lassen. Aber dann bekomme ich noch mehr Stress mit meinen Eltern, die sowieso chronisch der negativen Meinung sind, dass ich viel zu wenig lerne.
»Ist doch ganz klar, von nichts kommt nichts«, meint Milli schlau, als ich ihr nach einem misslungenen Französisch-Vokabeltest wieder einmal mein Leid klage. »Je besser dein Abschluss, desto besser deine Chancen auf dem Arbeitsmarkt.«
Die hat gut reden! Für sie ist es ja auch ganz klar, was sie einmal

werden möchte. Auch wenn sie jetzt rumflippt und überhaupt nicht danach aussieht: Milli wird irgendwas mit Jura/BWL/Wirtschaftswissenschaften studieren und eines Tages, natürlich nach etlichen Stationen auf internationalen Universitäten in New York, Oxford und Sydney, in die Manager-Fußstapfen ihres Vaters treten. Dass der so wenig Zeit für seine Familie hat und sie darunter leidet, wird sie bis dahin vergessen haben ...

»Willst du denn unbedingt arbeiten gehen?« Die Frage rutscht mir so raus.

»Klar, was denkst du denn, meinst du, ich will eines Tages total verarmt Hartz IV von den Bäumen kratzen? Oder womöglich mit meinem Kind alleine zu Hause sitzen und abhängig von den Geldspenden meines Mannes sein?« Milli guckt mich kopfschüttelnd an.

> **Hartz IV** bezeichnet umgangssprachlich das Arbeitslosengeld II und meint die Grundsicherung für Arbeitssuchende. Seit dem Januar 2005 werden Arbeitslosenhilfe und Sozialhilfe zusammengefasst, um das Existenzminimum zu sichern. Seitdem gibt es viele Diskussionen darüber, wie viel Geld man zum Leben braucht.

Das mit der Armut verstehe ich, das mit der Geldspende nicht. Wenn ich da an meine Eltern denke, kommt mir das so normal vor. Ich habe das nie infrage gestellt, dass sie füreinander sorgen.

»Aber du willst schon eines Tages Familie haben, oder?« Die Frage stammt von Kleo, die die ganze Zeit über stillschweigend unseren Dialog verfolgt hat, während wir auf der Bank hocken und unsere Pausenbrote futtern.

»Natürlich!«, ruft Milli und lacht bitter. »Mit mindestens zwei

Kindern, damit sie wenigstens jemanden zum Spielen haben und nie allein sind.«

Kleo nickt beruhigt. Auch wenn sie als überbemutterte Tochter nicht gerade den Eindruck erweckt, eines Tages selbst Kinder haben zu wollen, scheint ihr Idealbild diesbezüglich ungebrochen.

»Und wie willst du das mit dem Arbeiten organisieren?«, hakt sie nach. »Woran hast du gedacht? Gibst du dein Kind einer Tagesmutter, steckst du es in die Kinderkrippe ... da gibt es ja viele Modelle.«

Das ist angesichts von Schulstress und G8 schwer einzusehen, zugegeben. Aber je mehr du lernst, je mehr du weißt, je breiter du aufgestellt bist, desto freier kannst du dich später einmal entscheiden, welchen Beruf du ausüben möchtest. Anders gesagt: Mit einem guten Abi in der Tasche stehen dir wesentlich mehr Türen offen und du musst nicht Busfahrerin, Raumpflegerin oder Floristin werden, nur weil es zu mehr nicht reicht. Du kannst es aber jederzeit, weil du gerne große Autos fährst, weil du es gerne sauber magst, weil Blumen deine Leidenschaft sind.

»Schon mal was von Gleichberechtigung gehört? Elternzeit? Heutzutage teilt man sich die Erziehungsarbeit von Kindern«, antwortet Milli.

»Du musst es ja wissen ...« Schulterzuckend beiße ich in meinen Apfel. Bei Kaisers zu Hause kümmert sich niemand so richtig. Millis Mutter hat ständig irgendwelche Termine, entweder als Marketingberaterin oder in Sachen Wellness, Kosmetik und Tennis. Und ihr Vater reist durch die Weltgeschichte und ist selten zu Hause.

> Muss ich jetzt schon wissen, wie ich mir mein Leben eines Tages vorstelle?! Ich finde: NEIN.

Der Gedanke an meine Zukunft lässt mich jedoch nicht los, weder in der folgenden Mathestunde noch am Nachmittag, an dem ich ein Bio-Referat fertigschreiben soll. Es geht um Genetik, künstliche Befruchtung und die Frage, wie lange Frauen fruchtbar sind. Weil ich das Gefühl habe, mein Schädel platzt gleich, flüchte ich nach unten auf die Terrasse, wo Mama mit meiner Tante Irene gemeinsam am Kaffeetisch sitzt und Erdbeertörtchen futtert.

»Schon fertig?«, fragt mich Mama.

»Pause«, nuschele ich, weil ich bereits den Mund voller Kuchenkrümel habe.

»Notencountdown oder Yannisstress?« Irene guckt mich forschend an. Diesen Seelsorgeblick kenne ich von ihr, ihr entgeht nichts. Nicht bei ihrer Lieblingsnichte, nicht bei mir.

»Weder – noch«, antworte ich. »Zurzeit ist alles doof.«

»Sina möchte am liebsten wieder zurück nach Mallorca«, fällt meine Mutter erklärend ein. »Weil sie denkt, woanders ist alles besser und leichter.«

»Mama!«

»Kann ja sein«, meint Irene und lächelt ihr feines Lächeln. »Warum denn nicht? Es gibt Orte, die beflügeln einen, und es gibt welche, da ist man komplett gelähmt.«

»Genauso ist es.« Dankbar grinse ich sie an.

»Aber das ist nicht alles, was dich zurzeit bewegt, oder?«, fragt Irene, nachdem ich die Gelegenheit genutzt und wieder einmal ausführlich von meinen Mallorca-Abenteuern erzählt habe.

Ich seufze. »Du hast recht. In Wahrheit geht es um die Frage, was ich nach der Schule mache. Alle reden derzeit davon.«

So, jetzt ist es raus.

Mama guckt mich erschrocken an. »Wie bitte? Du wolltest doch studieren. Oder?«

»Weiß nicht.« Zerknirscht gucke ich sie an.

»Was hast du vor?« Irene nickt mir aufmunternd zu, damit ich weitererzähle.

»Weiß nicht«, antworte ich abermals. »Wirklich nicht. Woher soll ich heute wissen, was in ein paar Jahren gut für mich ist?

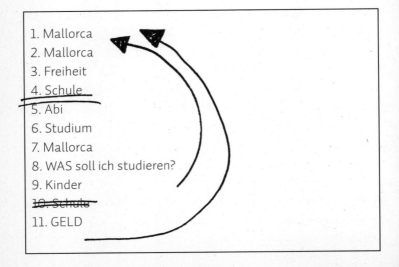

Es gibt so viele Berufe, Studiengänge, Möglichkeiten. Wie finde ich heraus, was ich will?« Ich rede mich in Rage und spüre, wie mir die Tränen in der Kehle hochkriechen.

»Das findest du schon noch heraus, da bin ich mir sicher«, versucht mich Irene zu beruhigen. »Und du musst dich heute noch nicht für irgendeinen Beruf entscheiden. Wichtig ist doch, dass du so viele Interessen und gute Noten hast.«

»Und irgendwann dein Abi in der Tasche«, fügt Mama hinzu.

»Aber die anderen wissen es alle schon. Sogar, dass sie einmal Kinder haben und dann Teilzeit arbeiten wollen ...« Ich ziehe schniefend die Nase hoch. »Aber das weiß ich doch heute noch nicht, ob ich mit fünfundzwanzig Familie haben will!«

Da fängt Irene an zu lachen. Mama fällt sofort mit ein und ich frage mich, was daran so lustig ist.

»Ist doch schön für sie«, meint Irene nach einer Weile und ihre Stimme klingt halb ernst, halb belustigt. »Kinder sind etwas Wunderbares! Ich wünschte, ich hätte welche ... aber das musst du nun wirklich heute noch nicht entscheiden! Du hast noch so viel Zeit, die Welt steht dir offen.«

»Richtig«, meldet sich Mama zu Wort. »Ich weiß, das sehen viele Eltern anders, ich bin aber der Meinung, dass du dir in Ruhe aussuchen darfst, welchen Beruf du später einmal ausüben möchtest: Konditormeisterin, Visagistin, vielleicht willst du Chemie studieren, vielleicht triffst du den Mann deines Lebens und willst plötzlich vier Kinder. Aber bis dahin gehören auch Umwege dazu, Tränen – und das Vertrauen, dass alles gut wird. Hauptsache, du bleibst dran und dir ist nie egal, was du tust.« Sie guckt mich liebevoll an und fügt hinzu: »Und du weißt, dein Vater und ich unterstützen dich dabei, dass du eine gute, breit gefächerte Ausbildung bekommst. Denn nur so stehen dir später *alle* Türen offen.«

»Aber achte unbedingt darauf«, ergänzt Irene, »dass du finanziell auf eigenen Füßen stehen kannst und dich nicht abhängig vom Geldbeutel und von Entscheidungen anderer machst. Sei es ein Mann, das Sozialamt oder die Bank, bei der du einen überteuerten Dispokredit aufgenommen hast. Und deinen Eltern solltest du natürlich auch nicht ewig auf der Tasche liegen ...« Sie grinst mich an, nach dem Motto: Ein bisschen jobben gehört dazu. »Wenn du willst, kannst du heutzutage auch richtig Karriere machen. Bis hin zum Firmenwagen. Wie keiner anderen Frauengeneration stehen dir heutzutage alle Möglichkeiten offen. Du musst dich nur irgendwann entscheiden!« Irene angelt sich noch eins ihrer absolut leckeren Erdbeertörtchen, grinst ihr feines Irenelächeln und beißt genüsslich hinein.

»Du musst dich nur entscheiden!« Irenes Worte klingen den restlichen Tag in mir nach, da hatte ich längst nach den restlichen Hausaufgaben Basketballtraining und bin danach ausnahmsweise mit Yannis, Marco und Milli im Kino verabredet. Ich kann mich überhaupt nicht auf den Film konzentrieren, weil ich ständig darüber nachdenken muss, wie ich mich denn entscheiden soll.

> Wann?
> Wofür?!
> Für wen?

Milli wundert sich, warum ich so schweigsam bin, und denkt bestimmt, es hat was mit Yannis zu tun, der sich wirklich *sehr* merkwürdig benimmt und darauf besteht, ganz außen neben Marco zu sitzen und nicht neben mir, weil er noch mit mir wegen des abgesagten Konzerts schmollt. Ich bin so in Gedanken versunken, dass ich mich noch nicht einmal darüber wundere. Der Film rauscht an mir vorbei, irgendwas mit Vampiren, was mich sowieso nicht sonderlich interessiert. Nach der Vorstellung verabschiede ich mich so schnell wie möglich und radele nach Hause – ohne Yannis, der mit den anderen noch zu Antonio ins Eiscafé geht. In meinem Zimmer dann hole ich mein Tagebuch und schreibe auf, was mir durch den Sinn geht, sortiere es der Bedeutung nach oder streiche durch, was für mich jetzt nicht wichtig erscheint.

Immerhin weiß ich jetzt (und das wusste ich vorher schon), dass ich dringend wieder nach Mallorca muss. Und Schule und Abi bringe ich auch zu Ende. Aber dann? Was mache ich, Sina Rosenmüller mit den großen Füßen, DANACH?

Eine Lehre, um gleich eigenes Geld zu verdienen? Hört sich verlockend an.

Aber welche?

Vielleicht lieber doch studieren.

Nur was?!

Heiraten, ein Baby kriegen und nicht weiter nachdenken.

> Laurence kommt mir in den Sinn.
> Nein, das kann es auch nicht sein,
> ich will unabhängig und frei
> mein Leben gestalten können und
> mich nicht jetzt schon
> wie eine Vierzigjährige fühlen müssen.

Nicht alle wissen bereits mit fünfzehn, dass sie einmal Ärztin werden wollen oder Journalistin, und arbeiten jetzt schon zielstrebig auf die Aufnahmeprüfung hin. Es ist gut, wenn du so früh schon weißt, was du willst. Wenn nicht: Finde es heraus, informiere dich und bleibe dran. Hauptsache, dir ist es nicht egal!

Um herauszufinden, welche Berufsrichtung* zu dir passt, musst du »nur« wieder einmal genau auf dich selbst schauen. Kreuze an, welche Eigenschaften am ehesten auf dich zutreffen.
- ❏ kreativ
- ❏ sozial engagiert
- ❏ interessiert an Medien und Kommunikation
- ❏ technisch versiert
- ❏ Umweltschützerin und politisch aktiv
- ❏ organisiert, wirtschaftsorientiert und gerecht

Dann informiere dich in den entsprechenden Sparten über die jeweiligen Berufe. Oder frage Erwachsene (Freunde deiner Eltern, Bekannte), welche Berufe sie haben, und lass dir aus ihrem Joballtag erzählen. Wichtig ist es, Augen und Ohren offen zu halten, damit sich die Puzzleteile zusammenfügen können. Finde heraus, welche Talente in dir schlummern! Das ist wichtig für dein Selbstbewusstsein, aber auch für spätere Bewerbungen. Wenn du beim Lesen der folgenden Liste merkst: »Huch, genauso bin ich!«, dann mach ein Kreuzchen. Wenn nicht, auch nicht schlimm, nur sei dir dessen einfach bewusst, wo eben deine Stärken und Schwächen liegen.

Teamfähigkeit: Findest du schnell einen Platz als Neue in bestehenden Gruppen (Schul-AG, Orchester, Mannschaft)?

Übernimmst du auch mal doofe Aufgaben für dein Team wie Kuchentheke oder Hallendienst?

Flexibilität: Bist du spontan und lässt dich gerne auf was Neues ein?

Selbstständigkeit: Übernimmst du Aufgaben auch ohne Anleitung wie beispielsweise einkaufen gehen oder Klassenparty organisieren?

Genauigkeit: Beachtest du kleine Details? Arbeitest du dein Referat bis auf den Punkt genau aus?

Einfühlungsvermögen: Hast du ein Gespür für die Stimmungslage anderer? Merkst du, wenn es jemandem nicht gut geht? Kannst du gut mit Menschen umgehen? Hast du Freunde mit unterschiedlichem Hintergrund?

Leistungsbereitschaft: Bist du bereit, für deine Ziele zu arbeiten?

Analysefähigkeit: Kannst du Aufgabenstellungen durchdringen und die richtigen Schlüsse ziehen, zum Beispiel beim Lesen einer Textaufgabe schnell die wichtigsten Punkte herausfinden und logisch antworten?

Ausdauer: Bleibst du am Ball und lässt dich von Widrigkeiten nicht aufhalten? Hasst du es, Dinge nicht zu Ende zu führen?

Planung und Organisation: Teilst du dir deine Aufgaben in sinnvolle Schritte ein und lernst regelmäßig vor Prüfungen?

> **Entscheiden:** Bist du gut im Prioritätensetzen und kannst dich klar entscheiden, angefangen bei Kleidung bis hin zu der Frage »Erst lernen und dann Party«?
>
> **Zielstrebigkeit:** Setzt du dir Ziele und bist bereit, für diese zu ackern?
>
> **Führungsmotivation:** Übernimmst du gern für andere die Verantwortung und nimmst Einfluss auf andere, zum Beispiel als Klassensprecherin?
>
> * In »Mein Knutschfleck und ich« findest du auf Seite 137 ff. ausführliche Tests und Informationen zum Thema Berufsfindung und Bewerbung schreiben.

Weil ich mit meinem Kopf voller Sorgengedanken nicht einschlafen kann, stehe ich auf und gehe runter zu meinen Eltern ins Wohnzimmer. Der Fernseher läuft, aber Mama schläft tief und fest auf dem Sofa mit dem Buch auf der Nase, während Papa schnarchend im Sessel hängt. Grinsend schnappe ich mir die Fernbedienung, mache es mir auf dem freien Sofa gemütlich. Dann schalte ich den Dienstagskrimi weg und zappe so lange durch sämtliche Programme, bis ich an einer Reportage über Workcamps hängen bleibe.

BINGO!!!

Up and away

Am nächsten Morgen strahle ich mit der Sonne um die Wette, die sich nach tristen, trüben Wochen endlich mal wieder am Himmel zeigt. Eigentlich müsste ich hundemüde sein, weil ich bis weit nach Mitternacht vor der Glotze gehangen und diese spannende Reportage gesehen habe. Aber ich sprühe vor Energie und Tatendrang, weil ich endlich, endlich eine Perspektive habe und weiß, was ich zu tun habe: Mich über Möglichkeiten von Auslandsjobs zu informieren, vor dem Abi, nach dem Abi, egal, Hauptsache weg von hier! Und dann wird sich schon das Passende für mich ergeben, da bin ich mir sicher.

Als ich jedoch beim Frühstücksmüsli Mama von meinen Plänen berichte, ernte ich nur einen skeptischen Blick. Anstatt sich mit mir darüber zu freuen, vermiest sie mir die gute Stimmung.

»Wie willst du das denn finanzieren?«, ist nur eine von ihren vielen Fragen. »Und willst du wirklich so weit weg von uns leben?«

»Keine Ahnung«, antworte ich ehrlich, »aber ich werde es herausfinden.«

Die Frage ist nur: Wo? Und wie ... Weil ich spüre, dass Milli, Yannis und meine anderen Freunde sich ebenfalls nicht für die Idee begeistern können, erzähle ich ihnen in der Schule erst einmal nichts davon. Während des Unterrichts muss ich dann aber immer wieder rüber zu Yannis linsen, der mir so fremd geworden ist in letzter Zeit. Nur weil ich für zwei Wochen weg war, kommt es mir so vor, als sei plötzlich alles ganz anders zwischen uns. Einerseits macht mich das wahnsinnig traurig, andererseits auch wütend, weil er mich mit meinen vielen Gefühlen und Gedanken so alleine lässt.

Aus den Augen, aus dem Sinn!!!

»Aber was willst du im Ausland tun?«, fragt mich Milli, als ich ihr in der zweiten Pause dann doch alles erzähle, weil ich es nicht mehr aushalte. »Ich finde die Idee ja klasse, aber warum willst du dort ausgerechnet *arbeiten?*« Sie betont Letzteres, als sei es eine Seuche.
»Weil ich nicht weiß, wie ich mir diesen Aufenthalt ansonsten finanzieren soll«, antworte ich. »Und so verbinde ich beides in einem. Außerdem kann ich auf diese Weise schon mal testen, ob ich eine Art von Alltag in der Fremde ertrage. Ist schließlich etwas anderes als Urlaub.«
Davor hatte mich Jola ausführlich gewarnt und Yannis hat das als Argument ja auch angebracht. Alltag ist etwas anderes als Urlaub, das ist schon klar. Jola hat mir von all den Aussteigern erzählt, die auf Mallorca ein neues Leben anfangen wollten und kläglich gescheitert sind, weil sie eines Tages merken mussten, dass Sonne, Strand und Meer eben nicht alles sind. Schon gar nicht, wenn man auf Jobsuche ist und mit den Einheimischen in Konkurrenz steht.
»Am Ende verliebst du dich wieder in einen flotten Spanier. Dann kannst du Yannis endgültig vergessen«, kichert sie und knufft mir liebevoll in die Seite.
»Was?« Erschrocken gucke ich sie an. »Weiß Yannis etwa von Mateo?«

»Was meinst du, warum er so seltsam ist«, antwortet Milli milde lächelnd. »Kannst dir doch denken, wer ihm das gesteckt hat.«

»Julia, na klar!« Ich schlage mir die Hand vor die Stirn. »Das ich da nicht von alleine draufgekommen bin! Aber Yannis könnte mich ja auch mal zur Rede stellen, anstatt beleidigt herumzuschmollen.« Seufzend blicke ich Milli an, die mich wiederum voller Mitleid in ihre Arme zieht.

»Mach dir nichts draus, der beruhigt sich schon wieder. Marco ist auch so strange zurzeit, manchmal muss das eine Beziehung eben aushalten.« Sie hält einen Moment inne, bevor sie fortfährt: »Wollen wir heute Nachmittag einfach mal gemeinsam nachschauen, welche Möglichkeiten es gibt? New York steht für mich zwar nach wie vor ganz oben auf der Liste, aber wenn du so von Spanien schwärmst ... und so ein Workcamp ist vielleicht ja auch mal ganz witzig, um neue Leute kennenzulernen.«

Später, im Lebenslauf für den ersten Job, macht sich ein Auslandsaufenthalt besonders gut. Es zeigt, dass du über den nationalen Tellerrand hinausschaust, dich was traust und neugierig auf neue Erfahrungen bist. Personalentscheider notieren dann folgende Pluspunkte auf ihrer Checkliste: **Flexibilität, Mobilität, globales Denken und Anpassungsfähigkeit.**

So kommt es, dass wir am Nachmittag bei Milli zu Hause vorm Rechner hängen und alle Infos zusammentragen. Und riesig enttäuscht werden, weil die allermeisten Programme erst ab 18 starten, das Mindestalter aber generell 16 ist. Und da fehlt mir noch ein halbes Jahr! ☹☹☹☹☹☹

Test: Welcher Reisetyp bist du?

Ob Job oder Sprachreise, nach dem Abi ein Jahr ins Ausland – aber wohin? Und was tun? Dieser Test hilft dir, erstens Klarheit über dein Reiseziel zu erlangen und zweitens herauszufinden, was genau du eigentlich dort tun möchtest: Summercamp oder eher Working Holidays wie Work and Travel, Freiwilligenarbeit oder Farmstay? Klassiker wie Sprachreisen oder ein Auslandspraktikum?
Oder vielleicht etwas ganz anderes?
Wichtigste Voraussetzung: Du hast Fremdsprachenkenntnisse und bist daran interessiert, eine andere Kultur intensiver kennenzulernen. Na, dann los!

1. Für welche Sprache(n) interessierst du dich? Welche möchtest du verbessern?
- ❏ Englisch
- ❏ Französisch
- ❏ Spanisch
- ❏ Portugiesisch
- ❏ Italienisch
- ❏ Schwedisch
- ❏ Norwegisch
- ❏ Russisch
- ❏ Chinesisch
- ❏ Japanisch

2. Welches Land weckt deine Sehnsucht?
- ❏ Europa: Spanien, Frankreich, Schweden, Portugal …
- ❏ Ozeanien: Australien, Neuseeland, Fidschis …
- ❏ Nordamerika: USA oder Kanada
- ❏ Süd- bzw. Mittelamerika: Mexiko, Chile, Argentinien …
- ❏ Afrika: Tunesien, Marokko, Namibia …
- ❏ Asien: China, Japan, Indien …

3. Geht es dir um das Reisen allein oder ist es dir wichtig, dich auf deiner Reise weiterzubilden?
- ❏ sehr wichtig
- ❏ wichtig
- ❏ unwichtig

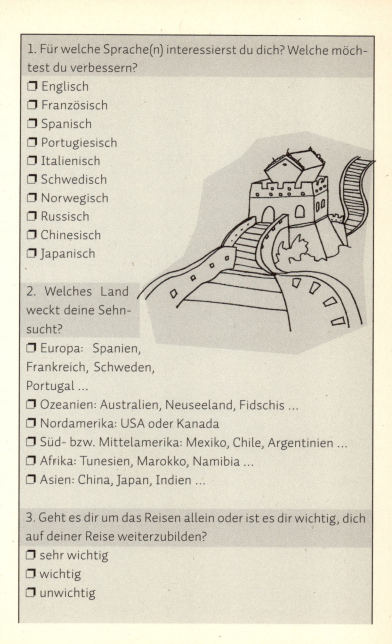

4. Kannst du dir vorstellen, Gelegenheitsjobs im Ausland anzunehmen?
- ❏ Klar, überall auf der Welt.
- ❏ Gerne, aber nur in Europa.
- ❏ Nein, kommt überhaupt nicht infrage.

5. Wie lange soll dein Auslandsaufenthalt dauern?
- ❏ vier bis zwölf Wochen
- ❏ mehrere Monate
- ❏ etwa ein Jahr

6. Wo würdest du gerne leben?
- ❏ In einer Gastfamilie.
- ❏ In einer WG.
- ❏ In einem Studentenwohnheim.

7. Hast du Interesse, an einem Sprachkurs teilzunehmen?
- ❏ Klar, ich will ja dazulernen.
- ❏ Nein, warum, ich lerne die Sprache bei der Arbeit und im Alltag.

8. Kannst du dir vorstellen, im Ausland zu studieren?
- ❏ Ja, aber so, dass es auch anerkannt wird.
- ❏ Weiß noch nicht.
- ❏ Nein.

9. Inwieweit interessieren dich folgende Bereiche:
- ❏ Reiterferien
- ❏ Arbeit auf einer Farm
- ❏ Hotellerie und Gastronomie
- ❏ gemeinnützige Projekte
- ❏ Arbeit mit Kindern

Diese Jobmöglichkeiten im Ausland hast du:

Work & Travel bedeutet so viel wie jobben und reisen im Ausland. Mit anderen Worten: Du reist durch ein fremdes Land und finanzierst dir dein Leben vor Ort mit wechselnden Gelegenheitsjobs (Jobhopping). Für Länder wie USA, Australien, Neuseeland oder Kanada brauchst hierfür spezielle Visa (Working-Holiday-Visum, max. 1 Jahr gültig). Für Work & Travel musst du mindestens 18 Jahre alt und darfst höchstens 30 (in Kanada 35) Jahre alt sein. Mehr Infos zum Beispiel unter **www.auslandszeit.de.**

Volunteering (Freiwilligenarbeit): Bei Freiwilligenarbeit sammelst du Auslands- und Arbeitserfahrung, verbesserst deine Fremdsprachenkenntnisse und leistest gleichzeitig einen wichtigen Beitrag für die Menschen, die Natur oder die Tiere im Land deiner Wahl. Voraussetzung sind dein Engagement für die Sache und Sprachvorkenntnisse, manchmal wird ein begleitender Sprachkurs angeboten. Mehr Infos zum Beispiel unter **www.freiwilligenarbeit.de.**

Workcamps sind ehrenamtliche Dienste im sozialen, kulturellen, pädagogischen oder ökologischen Bereich, in denen du in einer international zusammengesetzten Gruppe (bis zu 20 Teilnehmer, in der Regel zwischen 18 und 28 Jahre alt) an einem gemeinnützigen Projekt arbeitest, und zwar weltweit. So ein Workcamp dauert zwischen zwei und vier Wochen.

Farm und Ranch: Hilf als Cowboy auf einer Pferderanch in den USA, hüte mit den Gauchos in Argentinien Rinder oder schere Schafe auf einer Farm in Irland – wenn du im Ausland auf einer Ranch oder einer Farm arbeiten möchtest, kannst du dort als eine Art Familienmitglied jeweils daran beteiligt sein. Mehr Infos findest du zum Beispiel unter **www.farmarbeit.de.**

Als **Au-pair** lebst du im Ausland in einer Gastfamilie, betreust dort die Kinder und hilfst auch ein wenig bei der Hausarbeit. Du sammelst also praktische Erfahrungen im Bereich Pädagogik, verbesserst deine Fremdsprachenkenntnisse und sammelst Auslandserfahrung. Meistens bekommst du auch ein Taschengeld und einen Sprachkurs.

Summer Jobs sind bezahlte Ferienjobs, häufig für Studenten in den Sommersemesterferien, zum Beispiel als Lifeguard, in Hotels, als Animateur oder auch in einem Souvenirshop. Mehr Infos zum Beispiel unter **www.auslandsjob.de.**

Hotel & Gastronomie: Wenn du in einem Hotel- und/oder einem Gastronomiebetrieb jobbst, kannst du Arbeitserfahrung sowie Auslandserfahrung sammeln und gleichzeitig deine Fremdsprachenkenntnisse verbessern.
Mehr Infos zum Beispiel unter **www.auslandsjob.de.**

Auslandsjahr/Schüleraustausch: Wenn du zwischen 15 und 18 Jahre alt bist, kannst du weltweit an einem Schüleraustausch teilnehmen bzw. ein Highschool-Jahr absolvieren. Du gehst weiter zur Schule, verbesserst deine Sprachkenntnisse und förderst deine Selbstständigkeit.
Mehr Infos zum Beispiel unter **www.highschool-ratgeber.de.**

Summer Sessions: Auslandsstudium »auf Probe«, also eine Art Schnupperstudium, das du meistens auch an deiner Heimat-Uni anrechnen lassen kannst. Statt eines oder mehrerer Semester verbringst du zwischen fünf und zehn Wochen an einer Hochschule im Ausland. Mehr Infos zum Beispiel unter **www.college-contact.com/studienprogramme/ summersessions.**

Auslandssemester kannst du überall absolvieren, sie werten deinen Lebenslauf auf und erweitern deinen Horizont. Beliebt sind vor allem englischsprachige Universitäten.

Studienreisen: Organisierte Bildungsreisen wie Städte- und Rundreisen, Ausstellungsreisen, archäologische Reisen, Wanderstudienreisen bringen dich weiter, kosten aber viel Geld. Mehr Infos zum Beispiel unter **www.bildungsreise.org.**

Auslandspraktika kannst du weltweit absolvieren und gibt es in verschiedenen Berufen und Branchen. Du verbesserst deine Sprachkenntnisse, knüpfst internationale Kontakte und erhältst einen intensiven Einblick in das Arbeits- und Alltagsleben im Land deiner Wahl. Mehr Infos zum Beispiel unter **www.auslandsjob.de.**

Als wir dann auf der Teenage-Camp-Seite landen, bin ich total enttäuscht, weil kein Workcamp für Spanien eingetragen ist.
»Kannst ja stattdessen in Palermo eine Waldorfschule renovieren helfen«, tröstet mich Milli. »Oder auf Island Wanderwegmarkierungen malen und Häuser renovieren. Wasserquellensäubern oder Baumhausbauen gäbe es auch noch. Diese Geysire sollen schön warm sein ...«
»Vielleicht ist das doch nicht so eine gute Idee«, murmele ich den Tränen nahe. Das hört sich zwar alles vielversprechend an und ist auch eine feine Sache: sinnvolle, gemeinnützige Arbeit, gemeinsam mit vielen anderen Jugendlichen aus allen Ländern. Aber vielleicht ist es doch nicht das Richtige für mich, zumal ich ja noch nicht sechzehn bin und die Teilnahme an solch einem Camp sowieso fragwürdig ist.
»Vergiss es«, winke ich ab. »Dann suche ich mir eben hier einen Ferienjob, spare mir richtig was zusammen und mache nächsten Sommer Sprachferien. Vielleicht kann ich ja bei Jola wohnen ...« ... und treffe Mateo wieder, denke ich, wenn ich zufällig in der Sprachschule seiner Eltern lande.
Da hat Milli einen Geistesblitz. »Frag doch Jolas Vater, ob du in seinem Autohaus jobben kannst. Oder vielleicht kennt er jemanden ...«
»Vergiss es«, winke ich ab. »Mallorca ist voll von Praktikanten und Arbeitslosen. Und die suchen keine Deutsche, die ihnen den Job klaut. Nee, da muss ich wohl selbst aktiv werden.«
Genervt klappe ich meinen Notizblock zu. Meine Euphorie von heute Morgen ist völlig verschwunden, genauer gesagt: Meine Laune completamente im Keller. Seufzend stehe ich auf. »Ich glaube, ich habe einiges zu klären.«
»Gute Idee«, grinst Milli. »Womit fängst du an?«
»Blöde Kuh!«, antworte ich, drücke sie zum Abschied und rade-

le am Main entlang nach Hause. Zehn Minuten später klingele ich bei Yannis an der Haustür.

»Was willst du?«, begrüßt er mich knapp, lässt mich aber gnädigerweise eintreten.

»Mit dir reden«, antworte ich ebenso kurz angebunden. »Hier, draußen oder bei dir im Zimmer?«, frage ich mit einem kurzen Seitenblick auf Stefanie, die in der offenen Küche damit beschäftigt ist, Erdbeermarmelade zu kochen.

»Komm«, sagt er und zieht mich die Treppe hoch in sein Zimmer.

Dort sagt er: »Ich kann mir schon denken, warum du hier bist ...« Er nimmt eine meiner Haarsträhnen, zwirbelt sie mit seinen Fingern. Und ich frage mich, warum er jetzt so zärtlich-vertraut tut, wo er in den letzten Tagen so eklig abweisend war.

»Julia hat mir alles erzählt«, macht er weiter und grinst. »Stimmt es wirklich, dass du einen spanischen Loverman hast?« Die Art und Weise, wie er das jetzt fragt, lässt mich aufhorchen. Stellt er mich etwa auf die Probe?

»Na ja«, antworte ich ausweichend. »Loverman würde ich das nun nicht gerade nennen. Wir hatten einfach eine tolle Zeit, das war ... so ähnlich wie mit Clement und dir und Oceane, erinnerst du dich?« Was ja auch nicht gelogen ist, wenn auch nicht ganz der Wahrheit entspricht. Mateo bedeutet viel mehr als Clement für mich. Und Oceane hatte für Yannis nicht die geringste Bedeutung.

Yannis schiebt mich ein Stück von sich weg und schaut mir prüfend in die Augen. Sein Blick ist offen und warm, aber auch verletzt. Er war ja schon bei diesem Franzosen so supereifersüchtig und konnte nicht damit umgehen, dass ich so intensiv mit einem anderen Jungen geredet habe. Ich kann ja nichts dafür, wenn andere in mir Gefühle wecken, von denen ich nicht wusste, dass ich sie haben kann.

> Warum kann dieser Stockfisch nur nicht einmal sagen, was er fühlt?

»Hey, Yannis, es gibt doch nur dich und mich.« Ich trete einfach einen Schritt auf ihn zu und schmiege mich an ihn. Er soll mich bitte festhalten und nie mehr loslassen, damit ich weiß, wohin ich gehöre, und endlich aufhöre, Weltreise-Pläne zu schmieden, die mich ja doch nicht weiterbringen.

»Das weiß ich«, murmelt er in meine Haare und drückt mich fest. Ich warte auf ein Kribbeln, ein Zärtlichlichkeitszucken in meinem Körper, aber nichts passiert. Ich hebe den Kopf und suche Yannis´ Mund, ich will ihn küssen, ich will, dass zwischen uns wieder alles so ist wie vorher. Und Yannis küsst zurück, intensiv, hält mich fest und drängt mich Richtung Bett, wo wir ineinander versinken und erst wieder auftauchen, als uns die Puste aufgeht. Ich lasse es einfach zu ...

»Was machst du eigentlich in den Sommerferien?«, fragt er, als wir später eng aneinandergekuschelt vor uns hin dösen. »Fahrt ihr wieder an die Nordsee?«

»Nee, dieses Jahr nicht, weil Papa Management-Meeting hat«, antworte ich und angele nach seiner O-Saft-Flasche, die er neben dem Bett stehen hat. »Wird bestimmt total öde ...« Ich nehme einen tiefen Schluck.

»Komm doch mit uns mit nach Irland«, schlägt Yannis vor und gibt mir einen Kuss auf die Nasenspitze. »Malte hat keine Lust und mein Vater keine Zeit. Aber Stefanie will unbedingt ihre Freundin besuchen, die dort Pferde und Schafe züchtet, und besteht darauf, dass ich mitkomme. Shaun, das Schaf, lässt grüßen, das wird voll öde ...!«

»Kannst ja Abby fragen, die freut sich bestimmt«, kichere ich. »Nein, im Ernst, eigentlich wollte ich mir in den Ferien einen Job suchen und Geld verdienen.« Schnell erzähle ich Yannis von meinen missglückten Recherchen. »Und eigentlich will ich ...«
»Vielleicht können wir dort auf der Farm arbeiten!«, ruft Yannis begeistert und richtet sich auf. »Dann passiert wenigstens was!«
»Du meinst, Ställe ausmisten und Pferde striegeln?« Ich verziehe das Gesicht. Solch einen Job hatte ich mir nicht vorgestellt. Andererseits, die Vorstellung, Yannis Tag und Nacht bei mir zu haben, klingt auch sehr verlockend ...
»Oder du kümmerst dich um den Haushalt und versorgst die Kinder. Kannst ja mal testen, ob du zum Au-pair taugst. Komm, wir fragen Stefanie, was sie davon hält.« Er greift nach meiner Hand, zieht mich stürmisch vom Bett und die Treppe runter in die Küche, wo seine Mutter gerade die Marmeladengläser mit bunten Deckeldeckchen und Bändchen verziert.
Wie sich herausstellt, hatte Stefanie längst selbst die Idee und bereits mit meiner Mutter darüber gesprochen. Nur die hatte sich bedeckt gehalten, weil sie ja wusste, dass ich lieber in España wäre.
»Meine Freundin Steffi freut sich, wenn ihr jemand zur Hand geht. Auf solch einem Hof gibt es immer was zu tun«, meint sie jetzt und lächelt mich an. Im selben Atemzug fügt Stefanie hinzu: »Kost und Logis sind selbstverständlich frei und Geld bekommt ihr auch. Wir müssen nur gucken, dass wir für dich noch einen günstigen Flug bekommen.«
»Na dann!« Yannis guckt mich erwartungsvoll an. »Worauf wartest du noch! Komm, wir fragen deine Eltern, ob sie einverstanden sind.« Schon wirbelt Yannis wieder aus der Küche, ich hinterher.

> Puh, das geht schneller, als mir lieb ist.

Aber Yannis´ Versöhnungsküsse überzeugen mich dann bald, dass gemeinsames Stallausmisten in Irland mindestens genauso gut ist wie Spanischvokabelnlernen unter heißer Sonne, wenn nicht noch besser. Zum Glück reibt er mir nicht wieder unter die Nase, dass er Englisch sowieso besser findet als Spanisch, aber ich weiß auch so, dass ich auf diese Weise mein Englisch aufbessern kann und dass es auch nicht unwichtig ist. Zudem verdiene ich ein paar Euro für meine Sprachreise im nächsten Jahr hinzu … und ich kann auf meiner persönlichen Reiselandkarte ein Häkchen bei Irland machen. Da war ich vorher nämlich noch nie …

Vier Wochen später liege ich in Irland auf einer Wiese und zähle glücklich die Wolken am Himmel. Meine Eltern haben es tatsächlich sofort erlaubt und, ohne zu murren, mein Flugticket bezahlt. Wahrscheinlich war es ihnen lieber, dass ich mit Stefanie und Yannis Schafe hüte, anstatt dass ich auf eigene Faust Sprachferien in Spanien absolviere. Mein Vater meinte, Spracherfahrungen in Englisch seien international gesehen nun auch nicht das Schlechteste, und obwohl mich das nervte, dass auch er wieder damit anfing, musste ich ihm recht geben. Ich habe hier nämlich richtig gut sprechen gelernt (mit einem leichten irischen Akzent, wie Steffi lächelnd festgestellt hat), weil wir beim Frühstück, Einkaufen oder Sightseeing ausnahmslos Englisch miteinander sprechen, nicht zuletzt weil ihr Mann Steve und die beiden Kids kein Wort Deutsch verstehen und es grob unhöflich wäre. Die Menschen hier sind ausnahmslos supernett und superfreundlich, äußerst hilfsbereit und zuvorkommend und ich bin begeistert von der hügelig-grünen Landschaft und der sanften Weite dieses Landes. Steffi zuliebe habe ich sogar Fish and Chips probiert, das Leckerste aber sind hier die Süßigkeiten aus Schokolade ... Steve ist ein rothaariger Farmer mit Leib und Seele – das Klischee lässt grüßen! – und betreibt außerdem Schafzucht. Die Schafe sind ziemlich kopflos und immer auf der Flucht, aber auch sehr süß und lustig (denke an Shaun und du weißt Bescheid!). Mein schönstes Schaf-Erlebnis war, als ich mit Yannis bei einem Kaiserschnitt assistieren musste und wir dem Mama-Schaf die beiden Lämmchen links und rechts unter die Nase gehalten haben, damit sie sie später nicht verstößt. Denn Mehrlingsgeburten sind bei Schafen selten und gefährlich für die Mutter (das dritte Lamm war tot und konnte nicht gerettet werden ☹, aber die beiden Kleinen haben es dank unserer Hilfe geschafft und später munter bei ihrer Mutter Milch gesaugt ☺).

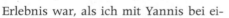

> Nie im Leben werde ich dieses pissige Gefühl der nassen Wolle in meinen Händen vergessen, während ich eine halbe Stunde lang gebückt dagestanden habe und der Tierarzt Mama-Schaf den Bauch wieder zugenäht hat.

Steve hat Yannis außerdem gezeigt, wie man Traktor fährt, was Yannis mit Begeisterung tut; er geht keinen Meter mehr zu Fuß, wenn es nicht sein muss, und fährt sogar mit dem Ding ins Dorf zum Bäcker. Steffi wiederum gibt mir Reitunterricht auf ihrer Lieblingsstute. Mittlerweile sitze ich fest im Sattel, schließlich habe ich Milli oft genug auf ihren Pferdehof begleitet und bin auf ihrer Stute Mokka geritten. Vorgestern haben wir sogar gemeinsam einen langen Ausritt gemacht, ich habe jetzt noch Muskelkater in den Beinen …

Während ich in den letzten Tagen gemeinsam mit Yannis Ställe ausgemistet und morgens in aller Herrgottsfrühe Pferde gefüttert habe, ist mir jedoch Folgendes klar geworden:

1. Ich bin trotzdem nicht fürs Landleben geboren.
2. Spanisch bleibt meine Lieblingssprache!
3. Englisch wird meine zweite.
4. Nach dem Abi gehe ich für ein Jahr ins spanischsprachige Ausland.
5. Und wenn das nicht klappt, nach Irland.
6. Und dann sehe ich weiter!

Yannis und ich haben uns wieder richtig, richtig versöhnt. Keine Rede mehr von Streit, Mateo oder die Frage, ob Englisch oder Spanisch die »bessere« Sprache ist. Denn zu unserem Glück hat Steffi vergessen, die Verbindungstür unserer Zimmer abzuschließen, und Stefanie kam nicht auf die Idee, das zu überprüfen, weil sie vor lauter Yoga, Töpferkurs, Aquarellemalen, Einkochen und Staudenpflegen so beschäftigt ist. So kommt es, dass wir abends wie ein altes Ehepaar todmüde von der Farmerarbeit nebeneinander ins Bett fallen … und morgens gemeinsam eng aneinandergekuschelt beim ersten Hahngekrähe aufwachen. Ein unbeschreiblich schönes, intensives Gefühl, es ist einfach umwerfend, jemandem so nahe zu sein, Yannis' Atemkitzeln beim Aufwachen auf meiner Haut zu spüren und zu wissen, dass ich mich in seinen Armen so warm und geborgen fühle.

Das Beste aber ist, dass ich über unseren Aufenthalt hier für unsere Stadtteilzeitung einen Bericht schreiben darf und mir ein paar Euro extra damit verdiene. Vielleicht ist das auch eine Möglichkeit für die Zukunft, überlege ich, während ich in den strahlend blauen Himmel über mir blicke: Reisen wie die Wolken, morgen hier und morgen dort, und gleichzeitig darüber schreiben und andere an meinen Erlebnissen und Erfahrungen teilhaben lassen. Ich habe alle Möglichkeiten und ich werde sie nutzen: Die Welt steht mir offen!

Ilona Einwohlt

Als Hörbuch bei Arena audio

978-3-401-50445-2

Mein Knutschfleck und ich

Sina hat einen Knutschfleck! Wie wird sie den bloß wieder los? Und wie geht das überhaupt – richtig küssen? Und wen? Während Sina von einer chaotischen Flirtgeschichte in die nächste stolpert, zermartert sie sich gleichzeitig das Hirn darüber, wer sie ist und wo sie hin will. Aber eins weiß sie jetzt schon: Nie-nie-niemals will sie so langweilig werden wie ihre Eltern...

978-3-401-50447-6

Meine Clique und ich

Sina möchte unbedingt dazugehören zu der Clique der Edlen. Und sie ist so stolz darauf, dass Xenja, Maximiliane und Katharina-Sophie sie als neues Mitglied auserkoren haben. Aber muss sie auch um jeden Preis Designerklamotten tragen? Vorglühen, bevor es auf eine Party geht? Und was für bunte Pillen soll sie da nehmen? Sinas anfängliche Begeisterung für die Clique schlägt bald in Ratlosigkeit um.

Die Liebe und ich

Sina ist verliebt – bis über beide Ohren! Die Hormone tanzen und alles ist rosarot. Und doch gibts schon wieder was zu grübeln: Ist er der Richtige fürs erste Mal? Was muss ich dazu wissen? Und: Wie geht das überhaupt? Sinas kribbelige Liebesgeschichte mit vielen persönlichen Sina-Tipps und Infos zu Liebe, Sex, Verhütung und Co.

978-3-401-50451-3

Auch als E-Books erhältlich
www.sinasblog.de

Arena

Jeder Band:
Arena Taschenbuch
www.arena-verlag.de

Ilona Einwohlt
Alicia

978-3-401-06932-6

Unverhofft nervt oft

Eigentlich war Alicias Leben allein mit Oma und Vater in bester Ordnung. Bis sie eines Tages im Badezimmer ihrer nackten Mathelehrerin gegenübersteht. Ausgerechnet Roselotte Froboese, nervigste Lehrerin aller Zeiten, ist Papas neue Freundin. Noch schlimmer: Sie zieht mit Kindern, Katze und Krempel bei ihnen ein und stellt Alicias gesamtes Leben auf den Kopf.

978-3-401-06995-1

Wer zuerst küsst, küsst am besten

Alicia brennt darauf, ein weiteres Tagebuch ihrer verschwundenen Mutter zu lesen. Doch dafür gibt es eine Bedingung: Sie muss ihren ersten Kuss erlebt haben! So ein Mist, dass sie sich gar nicht für Küssen und Verliebtsein interessiert. Und überhaupt: Ab wann zählt ein Kuss denn als Kuss?

978-3-401-60044-4

Liebe gut, alles gut!!!

Verliebt sein macht keinen Spaß, findet Alicia. Vor allem, weil ihr Freund Tim nur Fußball im Kopf und gar keine Zeit für sie hat. Zu allem Überfluss dreht ein neugieriges Fernsehteam auf dem alten Bahnhof eine Dokumentation. Dabei forscht die Reporterin heimlich nach den Spuren von Alicias verschwundener Mutter. Alicias Leben steht mal wieder völlig Kopf!

Auch als E-Books erhältlich

Arena

Jeder Band:
Klappenbroschur
www.arena-verlag.de

Margot Berger / Stefanie Dörr
Ilona Einwohlt / Alice Pantermüller

Beste Freundinnen gegen den Rest der Welt

Leo und Ammi beschließen, ein Pony zu retten. Und plötzlich stecken sie in einem Abenteuer voller Mutproben.
Als Lea Tinatin eine Falle stellt, erkennt Alva, wer die wahre Freundin ist.
Maxi hatte schon befürchtet, es wird chaotisch, wenn Papas neue Freundin und deren Tochter zu ihnen ziehen. Doch schnell wird klar: Eine Freundin ist besser als gar keine Schwester!
Cliquenchefin Lilly verlangt einen Treuebeweis von Terry für ihre Freundschaft. Doch sie bekommt ganz überraschend Hilfe …

Arena

224 Seiten • Klappenbroschur
Vier Geschichten
ISBN 978-3-401-50678-4
www.arena-verlag.de